文春文庫

寅右衛門どの 江戸日記

芝浜しぐれ

井川香四郎

文藝春秋

目次

寅右衛門どの　江戸日記

芝浜しぐれ

この作品は「文春文庫」のために書き下ろされたものです。

第一話　芝浜しぐれ

一

縁側にちょこんと座った老婆に、お茶を運んできた女が声をかけた。

「紅葉が赤くなり始めた頃なのに、今日も温かくて、いい天気ですね」

「――はい……」

差し出された温《ぬる》めの茶を口にして、老婆はニコリと微笑んだ。垂れ目が愛らしく、小柄で少し背中が丸くなっているが、元気そうな顔色をしていた。

「ああ、美味しい……このような美味しいお茶は初めてでございます」

老婆が深々と頭を下げると、女はどういたしましてと返して、甘いものも如何ですかと、月見団子を差し出した。

「ありがとうございます」

「いいえ。さあ、召し上がれ」

女がひとつ渡してやると、老婆は少し震える掌で受け取って口に運び、美味しそうに食べて、また丁寧に礼を言った。

その縁側の前を、小さな幼児がふたり、やはり何か口にしながら走りすぎた。キャッキャとふざけあっている姿と、その先に見える隅田川の穏やかな光景が重なって、老婆には美しく感じられたのであろう。

「本当に心地の良い朝ですこと……あの子たちは、何処の子でしょう」

「お婆ちゃんのお孫さんですよ」

女が答えると、老婆は「あらまあ」と笑って、それからは何も言わなかった。

丁度、縁側が日だまりになっていて、しばらく座っていると、うとうととしそうである。

そこに、ひとりの老人が来て、さりげなく横に座った。途端、老婆はビクッとなって、手にしていた月見団子を落として、訝しげに老人を見た。

「おはよう、お久《ひさ》さん」

老人は月見団子を拾い上げ、新しいものを手渡した。

「今日は随分とご機嫌がよろしいようで」

「はい……」

「では、昨日の続きを話しましょうかねえ。ええ、あのお話ですよ」

「あの話……」

「芝の浜辺で財布を拾った話です。昨日は、途中で寝てしまいましたからね。また最初から話しましょうか」

「いえ、結構でございます」

お久と呼ばれた老婆は、真っ白な髪を撫でながら、丁寧に断った。それでも、同じように白髪の老人はニッコリと人の良さそうな顔で微笑みかけて、

「聞いているうちに、話をまた思い出しますよ」

と言った。

それでも訝しげにしている老婆は、老人の様子を眺めながら、

「綺麗なお召し物ですね。羽織紐も、素晴らしくいいものですわね」

「お分かりですか。古稀の祝いに子供らがくれた羽織に着物ですから、大切に着ています。今日は天気もいいし、あなたと話もできると思って、お洒落をして参りました」

「あら、私はかような姿で恥ずかしゅうございますわ」

「そんなことはありません。お美しいです」

何となく心が和んだところで、老人は自分も茶で喉を潤してから、ゆっくりと噛みしめるように語り始めた。

「ええと……その娘と若い衆が出会ったのは、芝の浜辺でした。若い衆は江戸前の鯊《はぜ》や穴子や小鰭《こはだ》などを獲る漁師でした。江戸前には他にも海老や浅蜊《あさり》がいっぱいいて、鱸《すずき》のような大物も釣れるとてもいい漁場なんです」

お久は日射しを浴びながら、聞くともなく聞いている。

「娘は磯の浜の片隅で、雨に打たれたためか、漁師小屋で着替えをしてました。そうとは知らず、若い衆はそこに入ってしまい……」

「あら、とんでもないことですこと」

「で、でも……若い衆は真っ黒に日焼けして男臭い奴ながら、女はどうも苦手で、すぐに飛び出しました。けれど、若い衆は一目惚れだったのです。その娘は品川宿のちょっとした大店……海産物問屋の娘さんだったのですが、商売が傾いて、日本橋の商家まで縁談のために向かう途中だったんです」

「縁談……」

「はい。娘のお父さんは、取引相手に娘を嫁がせることによって、お金を融通して貰い、傾いた店を建て直すつもりだったんです。けれども、娘に一目惚れした漁師の若い衆が、一緒になりたいと熱烈に求愛しました」

「あらまあ……それは驚きですね。娘さんの方も着替えを見られたりして、戸惑ったことでしょうに……」

「ええ。でも、娘さんの方も憎からず思っていたようです。実は、商売柄なのか父親に連れられて、芝浜まで一緒に来たことが何度かあって、漁師の若い衆を見かけたことがあるそうなんです」

「そうなんですか……では、その娘さんも好きだったんですね」

「さあ、そこまでは分かりませんが、とにかく若い衆は、娘が嫁ぐかもしれないと知って、居ても立ってもいられなくなり、娘の親に頼み込んで、夫婦になりたいと訴えたそうです……でも、当然、断られました。漁師如きがなんだってね」

「あら。漁師は素晴らしいお仕事ですわ。でないと、私たち、毎日、美味しいお魚が食べられませんことよ」

　お久は漁師の仕事を誉め称え、自分も魚介類が大好きだと話した。老人はそれを受け止めるように、

「ええ。その娘も海産物問屋の子だけあって、魚が大好きでね。特に金目やきんきの煮魚がお気に入りでしたよ」

「そうですか……で、どうなりましたの、そのおふたりは」

「駆け落ちをしました」

「おやまあ。思い切ったことをしたものですねえ」

「手に手を取って、三崎の方に逃げたのですが、先立つものもありませんしね。もしかしたら心中でもするんじゃないかと、周りの大人たちは気が気でなかったらしいです。けれど、色々な人が探してくれた挙げ句、小さな木賃宿にいるところを見つけられたんです」

「心中なんかしなくてよかったですね」

他人事ではなさそうに、老婆は胸に手を当てて、遠い目をした。その切なそうな顔を見て、老人は何か言おうとしたが、

「では、その方々は結ばれたんですね」

「ええ、色々な障害を乗り越えながら、祝言を立派に……というほどではありませんが、人並みには挙げることができました」

「ああ、よかった。では、ふたりは幸せになったんですねえ」

ほっと胸を撫で下ろす老婆に、老人は茶を啜って一息つくと、

「それが……一緒になってみたら、その漁師の若い衆ってのが、ぐうたらでして ねえ……女房に収まった娘は苦労が絶えませんでした……というのは、若い衆は 漁のときに腕を大怪我してしまい、船の櫓《ろ》も漕げぬようになり、網の手入れや繕 いすらできなくなったんです。だから、自分で小さな魚屋を営むようになりまし た」

「魚屋を……そういえば娘さんの実家は海産物問屋……」

「ええ。よく覚えてますね。分かりますか」

「今し方、話したばかりじゃないですか。品川の『上総屋《かずさや》』とかいう……」

思わず老婆の口から出た『上総屋』という屋号を、老人は何度も繰り返しなが ら、

「覚えてますか？」

「ええ。覚えてますよ。今し方、あなたが……」

その屋号を老人はいまは口にしていない。だが、老婆が『上総屋』を思い出し たことに、老人は暗夜に一灯を見た気がして、妙に嬉しそうな笑みを零《こぼ》した。そ して、淡々と話を続けた。

「魚屋を始めたのはいいけれど、これが間違いのもとと言いますか……漁師の頃はそれなりに真面目にやっていたのですが、物を売ったり算盤《そろばん》を弾いたりする商売は苦手で、仕事を放り出して、どんどん怠け者になっていくんですな」

「おやまあ、それは困りましたねえ」

「漁師だっただけに目利きはできるから、中途半端なことはしたくない。なんというか……商売の儲けよりも、どれだけ良い魚を仕入れて魚箱に並べるかということばかり考えてしまって……いつも大赤字です」

「そうなんですか？　だったら、女房になった方の実家に頼めばいいのに。だって、海産物問屋でしょ」

老人はもっともだと頷いたものの、表情が暗くなり、

「それが……やはり娘さんが日本橋の商家に嫁がなかったので、店は傾き……それからすぐに、実家の二親とも流行病《はやりやまい》でね……」

「亡くなったのですか」

「ええ。気の毒なことをしたものです。ですから、なんとなく夫婦仲もギクシャクしてきて……それに加えて、若い衆がろくに働きに出なくなったものだから、ますます……貧すれば鈍するじゃないけれど、悪い方へ転がってしまいましてね

……どうも、すみません」

老人が申し訳なさそうな顔になると、老婆は悲しみを堪えたような表情で、

「――どうして、あなたが謝るのですか」

「後悔先に立たず。何事も一生懸命、真面目にやってれば、女房に苦労をかけることはなかったんです」

と涙目になって声を震わせた。老婆はじっと老人を見つめて、

「あなたもさぞや、色々な目に遭ってこられたのですねえ……ご心中、お察し致します。けれど、自分を責めてはいけませんよ。ええ、人は過ちを犯す生き物なのです」

「えっ……」

老人はしみじみと老婆を見つめた。すると、老婆は目の置き所に困って、そわそわと縁側から立ち上がり、何処かへ行こうとした。老人は思わず、その手を握り、

「何処へ行くんだい、お久……話の続きはまだあるよ」

「……」

「ある朝のことなんだ。あの事件が起きたのは……続きを聞きたくないのか

い?」

「――折角、日和がいいので、外を歩きたいです」

「だったら、私が……」

「いえいえ。そんなご迷惑ばかりおかけしては、罰《ばち》が当たります」

お久はゆっくりと老人を避けるように離れ、そのまま茶を運んできた女に手を引かれながら、垣根から外に出ようとした。

「お久……!」

苛立ちと焦りが入り混じった声で、老人は引き止めようとしたが、女が振り返って、優しい声をかけた。

「お父っつぁん……今日はこれくらいで。後は私が……」

「お美奈《みな》……」

「大丈夫ですよ。私がついてますから」

微笑みかけて、お美奈と呼ばれた女は、お久の手を引いて、一緒にその場から離れ、隅田川の方に向かって歩き出した。

溜息混じりで見送る老人の側に、中年の番頭が近づいてきて、

「ご隠居様……ご心痛、お察し致しますが、優しく見守ってあげて下さいまし」

「おまえに何が分かる、文蔵《ぶんぞう》ッ。私はな……！」

怒りそうになった自分を抑えて、老人は項垂《うなだ》れて、素直に謝った。

「すまん……迷惑をかける……」

「大丈夫です。店の者、みんながついておりますから……この『上総屋』は、ご隠居様の思いが込められた大店です。私たちが一緒に守りますから、どうかご心配なく」

励ますように言う文蔵に、老人はもう一度、すまぬと謝って目を閉じた。

二

海産物問屋『上総屋』が浅草広小路に店を構えたのは、もう十年近く前のことである。江戸前の小魚や貝類だけではなく、廻船で運ばれてくる松前や奥羽などの俵物や、房総沖で釣る鰹なども扱う結構な大店だった。

元は芝浦の漁師だった勝左衛門《しょうざえもん》が、お久と一緒になってから魚屋に身を転じたのは、縁側で話していたとおりである。その後、生魚だけでなく、俵物などを扱う海産物問屋を営むようになったのは、子供が産まれてからである。女房の実家の商売を継ぎたいという思いもあった。

娘のお美奈に婿を取って、店を継がせてから隠居の身になり、長年苦労を共にした女房を湯治場にでも連れて行こうとした矢先、お久が突然、惚《ぼ》けたのである。

年を取れば、ある程度は仕方のないことである。だが、自分が誰かもすっかりと忘れ、亭主の顔すら覚えていない。商売にかこつけて、女房孝行もろくにしていない。勝左衛門は忸怩《じくじ》たるものがあり、お久がこうなってしまったのは、自分のせいだと責任を感じていたのである。

「——間違いだったのかなあ……どこがいけなかったのかねえ」

勝左衛門はたまに立ち寄る、同じ浅草の材木問屋『木曾屋』で、主人の文左衛門《ぶんざえもん》にあまり人に言えない話をしていた。

「いやいや、勝左衛門さん。あなたは心配し過ぎですよ。もう隠居してから、三年余りになる。店のことは婿殿に任せてですな、余生を楽しんで下さい」

「その矢先に女房が……罰が当たるならば、私にして欲しかった。神様も罪なことをするものです……」

「勝左衛門さん、そんなことは……」

「いえ。私が惚けていれば、自分がやってきたろくでもないことを、すっかり忘れてしまいます。だったら、こんなに苦しむことはないではないですか」

「それは逆ではありませんかな」

「逆……？」

「だって、そうではありませんか。おっしゃるとおり、あなたがろくでもないことをして、それをスッカリ忘れたとしたら、奥様の方が苦しみますよ。良いことも悪いことも、忘れたのでしたら、その方が幸せだと割り切って、奥様の世話をなさるのがよろしいのでは」

「──そうかねえ……ああ、そうかもしれませんねえ」

勝左衛門はやりきれない溜息をついたが、自分ではどうしようもないことゆえ、もうお久の惚けは治らないと半ば諦めていた。

「何十回、話を聞かせても、そのことすら翌日になれば忘れているんですからね……それはそれで、良しとするしかないんですかね。でも、何とかもう一度だけ、私のことが分かって欲しい……そして、お互い一目惚れで結ばれたのだと、思い出して欲しい」

老人になっても尚、恋女房に思いを寄せる勝左衛門のことを、文左衛門は羨ましいと感じながら見ていた。

「だって、私にはもう女房はいませんからね……」

「先立たれたんでしたかねえ」

「ええ、まあ……」

「いや、違った。おまえさんがドケチだから、嫌気がさして逃げたのでしたね」

「ちょっと……」

「これは言いすぎましたな。息子さんの八十吉《やそきち》さんは甘えん坊のまま育って……。あ、すみません。つい本当のことを。悪い癖です」

勝左衛門はコツンと自分の頭を小突いたが、たしかに悪気があって言う人ではない。文左衛門とは長年のつきあいゆえ、本当に心配をしていたのだ。

そこへ、噂をすれば影——八十吉が出先から帰ってきた。

小柄で鼠かモグラのような愛嬌ある顔だちだが、まったく苦労という言葉を知らない若旦那に見える。羽織の袖を指先で摑んで、奴凧のように飄々とした態度で、

「親父、今日はちょいと頼み事があって、帰って参りました」

「帰って参りましたじゃないよ、ええ。売掛金を取りにいったまま、何処かに泊まってくる者がいるもんかね。こっちは、一晩中心配してたんだからね」

「まさか。親父のことだから、晩飯が一人分浮いたって喜んでたんじゃありませんか」

「これ。商人というものはね、倹約するのが仕事で……」

またぞろ説教が始まると思った八十吉は、話の腰を折って、

「頼み事とはね、この人のことですよ。さあ、お入んなさいな。遠慮はいりませんから、どうぞ、どうぞ」

暖簾を分けて、表に向かって手招きをした八十吉に誘われて入ってきたのは、与多寅右衛門《よたとらえもん》であった。

いでたちは着流しだが、威風堂々とした偉丈夫で、キリッとした目つきと鷹揚な雰囲気が体中から出ている。見るからに立派で、さぞや大身のお武家様のようだが、実は〝何者〟でもない。

たしかに寅右衛門は、越後四条藩《しじようはん》の藩主の影武者であり、赤子の頃から、殿様同様に育てられたため、礼儀作法などもすべて体に染みついていた。ゆえに、〝やんごとなき人〟に見えるのだ。

むろん、一国の藩主に相応《ふさわ》しい武芸と教養を身につけており、自ら適切な判断をする力や武士としての覚悟も身についている。まごうことなき殿様といっても

よかった。

その殿様もどきが、駒形そこつ長屋に住まうことになったのは、浅草寺雷門近くの茶店『青葉《あおば》』の小町娘、お静《しず》が寅右衛門の腕っぷしと何事にも動じない態度に惚れ込んだのがきっかけだ。

「――なんだ、与多様と一緒だったのかい。なら少しは安心だ」

文左衛門は吝嗇家《りんしょくか》であることには違いないが、それゆえ人を見る目も養われている。ケチケチするのは「損をしたくない」という、さもしさからではなく、人の本性を見抜くための作法でもあるのだ。

「大体、ケチな人間に対しては蔑んだり、バカにしたりするからね。でも、与多様は違う。人を見かけや態度だけでは判断しない。きちんと腹の底まで見抜いてなさる」

と一目も二目も置いているのだ。

飄々とした態度でありながら、これまで幾度も、名もなき貧しい人たちのために、良い知恵を働かせた。そして、自らの労力を惜しまず、色々と尽くしてきた寅右衛門の姿を、文左衛門は見ていたからだ。

「で、頼みとは」

聞き直した文左衛門に、八十吉が答える。

「この与多様をうちの用心棒にどうかなと思ってね」

「用心棒……」

「馬鹿力の上に、剣術や柔術、槍術など武芸十八般に通じており、四書五経も諳《そら》んじているような御仁だからね。用心棒とは失礼かもしれないけれど、ほら近頃、妙な輩が店の周りにうろうろしてるから」

「そんな輩は見たことがないね。なんだい、何を企んでるんだい、八十吉」

「人聞きの悪いことを言わないでおくれよ、親父。これだけの人物を、駒形そこつ長屋なんぞに埋もれさせておくのは勿体ないと思ってさあ」

「おまえが損得なしに人のために動くことはない。狙いはなんだね」

「親父とは違いますよ。私は本当に、この御仁を何処かに仕官させたいと思ってるんです。だって、これだけの器量、本当に使わない手はない。ですよねえ、与多様」

八十吉が寅右衛門に話を振ると、

「いや。身共は今の暮らしに満足しておるがのう」

アッサリそう答えた。欲も拘《こだわ》りもない返事なので、傍らで見ていた勝左衛門の方が身を乗り出して声をかけた。

「だったら、うちで如何ですか」

「そこもとは？」

「同じ浅草……黒船町で『上総屋』という海産物問屋を営んでいる……いえ、もう隠居ですが、勝左衛門というものです」

「ああ。その店ならば立ち寄ったことがある。おたくの鰹や昆布は実に美味いのう」

「ありがとうございます。干物も粕漬けなんぞもお試し下さい」

「うむ、承知した。一度、賞味してみよう」

殿様のように答える寅右衛門の顔を、不思議そうに勝左衛門は見上げていたが、その由緒ありそうな面立ちに、

「――いやあ……実に立派な……ねえ、文左衛門さん。おたくがいらないなら、うちの用心棒ということで、雇ってよろしいでしょうか。実は本当に助けて貰いたいことがありましてね」

文左衛門がどうぞと言う前に、寅右衛門の方が真顔を向けていた。

「何があったのだ」

「商売は娘婿に譲ったのですが、なんというか少し気の弱いところがありましてな……この『木曾屋』の若旦那ほどではありませんが、人がよいせいか、取引先から損ばかりかけられるのです」

「それは困ったことよのう」

「いっそ、ここの若旦那みたいに遊んでばかりなら、こっちも叱《しか》りつけ、口を挟むと思うのですが、そこまでは酷くないので、ずるずると商売を任せておりました……すると、世の中には悪い輩がおりまして、娘婿を騙《だま》して多大な借金まで作らせ、それをネタに揺すってくるのです」

「なるほど」

「そういう輩を追っ払って貰いたいのです」

「乱暴は好きではない。如何なることでも、話し合えば大抵は分かり合うものだ」

「いえいえ、そういう相手では……」

「請け負うのは吝《やぶさ》かではない。困っている人を見ると、放っておけぬのでな」

と寅右衛門は微笑んだ。

「ありがとうございます。お武家様のような堂々とした方がいてくれると、十人力、いえ百人力を得た気分です……それに、うちは、こう申してはなんですが、取引先は大名や旗本のお屋敷が多うございます。どこぞに仕官することも、ありえるかもしれません」

勝左衛門は商売人らしく、丁寧に頼み込んだ。そして、文左衛門と八十吉に、申し訳ないと頭を下げ、寅右衛門を丁重に案内しながら去るのであった。

「なんだよ、人のことを遊んでばかりとか言いやがって」

八十吉が口を尖らせると、文左衛門は呆れ顔で、

「本当のことだから仕方がないが、鳶に油揚げをさらわれた気分だねえ」

と妙に悔しがった。

三

寅右衛門が『上総屋』に向かう少し前のことである。折悪く、いや折良くというべきか、人相風体の悪い遊び人が三人ばかり、店先で大声を張り上げていた。

「さあさ、みなさん、寄ってらっしゃい見てらっしゃい。『上総屋』の魚は日の本一だ。そんじょそこらの魚とは大違いだ。活きがいいから刺身が美味い！

数々の大名や旗本御用達だけのことはある。鮑《あわび》や筋子に数の子、干し物や味噌漬け、粕漬け、なんだって美味いんだから、さあ買った、買った！」

往来を通りかかる人たちに、柄の悪い遊び人たちが呼び込みをしているのだ。

大袈裟に手を叩きながら、

「今日は特別に半額だ！　さあさあ安いよ。鯛や鮃《ひらめ》の舞い踊り、牡蠣《かき》や栄螺《さざえ》も歌ってるってね。さあさ、お買い得だよ、持ってけ泥棒ってえくらいの安売りだ！　さあさ、寄ってらっしゃい見てらっしゃい！」

と叫び続ける。

明らかに嫌がらせである。その異様な光景に、誰もが近づこうとはしない。むしろ、遠巻きに眺めるだけで、客足は減る一方である。店の奉公人たちも、タチの悪い連中に困惑するばかりで、誰も文句も言えずに見ていた。

だが、あまりにも声がうるさいので、店の奥からお久が出てきて、

「おやまあ。お祭りかと思いました」

と声をかけた。

「ここはもういいですから、他のお店に行って、客寄せをしてあげて下さいまし」

その言い草をからかわれているように感じたのであろう。遊び人の兄貴分が、

「なんだと婆ア。こちとら、さっきからずっと、てめえの店のために働いてやってんじゃねえか。他へ行けってんなら、呼び込み料貰ってから行こうじゃねえかッ」

と脅しをかましたが、お久は淡々と、

「困りましたねえ……大声をあげられると、私は胸がチクチクと痛くなりまして」

「うるせえ、婆ア！　死んだら楽になるから、とっとと極楽でも地獄でも行きやがれ！」

あまりにも酷い言い草に、店の主人である智兵衛《ともべえ》が飛び出してきて、

「や、やめて下さいまし。おっ母さんに、何をなさるのです」

と摑みかからん勢いで言った。すると、遊び人たちは、待ってましたとばかりにガラリと形相を変えて、

「やるってんですか、旦那」

「店先は迷惑で……どうか、ご勘弁下さいまし」

「迷惑？　客寄せが迷惑ってか……へえ。こっちは早く借金を返せるようにって、

客を呼んでやってんのに、それが迷惑だと？」

「どうか、お願いでございます……」

「言っとくがな、迷惑をかけたのは、旦那……おまえさんだぜ。そこんとこ、よく分かってんだろうな」

兄貴分は鋭い目つきで睨みつけた。顔を背ける智兵衛はいかにも気弱そうな男で、全身がぶるぶると震えていた。

「なあ……金のことだけじゃねえ。あんなことや、こんなことが世間様にバレてもいいんですかいって話だ」

「ま、待って下さい……」

狼狽する智兵衛の姿を、後から出てきたお美奈が心配そうに見ていた。

「だったらよ、旦那。ちゃんと誠意ってのを見せてくれねえと、俺たちだって帰るに帰れねえだろ。ガキの使いじゃねえんだから、親分にぶん殴られるのは、俺たちなんだ」

「すみません。でも、それは……」

「なんでえ。こっちが下手《したて》に出てりゃ、付け上がりやがってッ」

兄貴分がドスの利いた声で顔を顰《しか》めると、他の二人が表通りに向かって、

「さあさ、寄ってらっしゃい見てらっしゃい。いいことついでに教えるよ！『上総屋』の旦那は智兵衛さん。商売上手だけじゃなくって、床上手！　人の女房を寝取った挙げ句、借金も返さぬ立派なお方！　だから、魚の値も日本一！さあさ、寄っといで……」

「どうか、やめて下さい！」

土下座をした智兵衛を兄貴分は容赦なく足蹴《あしげ》にして、

「けたくそ悪いンだよ！　裏じゃ悪さばかりしてるくせによ、私はいい人でございますって面《つら》するんじゃねえや！」

とさらに蹴ろうとしたとき、スッと背後に人影が寄ったと思うと軽く足払いをされて、ぶっ倒れた。

「な、なにしゃあがる！」

兄貴分が立ち上がろうとすると、その首根っこをグイッと足で踏まれて、

「こういうことをされたら嫌であろう」

「だ、誰だ……」

「自分がされて嫌なことを、人にするのはやめようではないか」

「しゃ、しゃらくせえ」

必死に足掻《あが》いて、兄貴分が立ち上がると、目の前にいたのは寅右衛門であった。凜然とした顔だちに、兄貴分は一瞬、圧倒されたように後退りして、

「てめえら、やっちまえ！」

と声をかけた。

が……他のふたりは、すでに地面にぶっ倒れて気を失っていた。

「おまえたち、怪我をしないうちに帰った方がよいと思うぞ」

寅右衛門があまりにも威風堂々としているので、兄貴分は他のふたりの頬を叩いて目を醒まさせ、這々《ほうほう》の体《てい》で逃げ去った。

「──あ、ありがとうございます……何処のどなたか存じ……」

と言いかけた智兵衛に、近づいてきた勝左衛門が声をかけた。

「与多寅右衛門様だ。今日から用心棒になってくれる。あいつらは、まだまだしつこく来るだろうからな」

「は、はい……」

「だが、その原因を作ったおまえさんの責任もある。よくよく弁《わきま》えておきなさい」

勝左衛門はそう言って、ほんの一瞬、娘のお美奈を見やってから、寅右衛門を

店の中に招き、奥の部屋に誘った。

そんな様子を、お久もじっと見守っていた。寅右衛門が軽く会釈をすると、

「何処かで、お会いしたような……」

と、お久は声をかけてきた。

「さよう。二、三日前にも鰹節を買いに来ましたよ。その折、少し話を致しました。楽しい昔話でしたねえ」

寅右衛門が微笑み返すと、勝左衛門は驚いて振り向き、切なそうな顔になり、

「昔のことは何も覚えてないのに……ささ、奥へどうぞ……」

と腰を屈めて寅右衛門を招くのだった。

清められた座敷の外には、躑躅《つつじ》や椿の木や石灯籠などがあって、その向こうには隅田川が見渡せる。商家といえども贅沢な作りの屋敷に、寅右衛門は素直に感嘆した。

「素晴らしい景色じゃのう。かような所で暮らせるとは、そこもとは果報者じゃ」

「あ、はい……ですが、もうお気づきかとは存じますが、家内が……少し惚けてきておりましてな。昔のことなど、すっかり忘れてしまって……」

「案ずることはあるまい。身共もしばらく物忘れをしておった」

寅右衛門は越後四条藩主の影武者をしていたが、藩が改易されると気ままな旅に出た。

その道中、崖道から足を滑らせて、頭を打って記憶喪失になり、自分が誰か分からないまま江戸に来て、そのまま駒形そこつ長屋に住み着いた事情があったのだ。むろん勝左衛門はそのことは知らない。

「さようで……ですが、家内はもう年でして、私と何十年も一緒に暮らしたことすら覚えてませんから、なんともやりきれない思いでしてね」

「それは辛いのう」

「はい。ですから、毎日毎日、昔の話を聞かせているのですが、一向に思い出してくれそうにありません」

勝左衛門はガックリと項垂れて、

「私のことも娘や婿のこと、そして孫たちのことも分かりません……一体、誰と暮らしていると思っているのか、本当に不思議です。

医者に訊くと、長年苦労して老いると、急にそうなることがあるとか……昨日のことは忘れても、十年二十年前のことは覚えてるという話は、よく聞くのですがね」

「……」

「苦労をかけたことを、せめて謝りたいのですが、それとて……聞いて貰えることはないのですかねえ」

しみじみと語る勝左衛門は、手代が運んできた茶を寅右衛門に勧めて、膝を整えると、礼儀正しく頭を下げた。

「与多様。此度、用心棒になって頂く上は、包み隠さず、内情を話しておきます」

「先程の輩のことであるな」

「はい。実は、うちの娘婿の智兵衛は、近江商人で、行商をしていた者です。東海道から日光街道、奥州街道などを経て、絹織物や蚊帳《かや》、漆椀から薬まで売って歩いていました。帰りは、行った先の特産物、俵物や鉄瓶、金細工などを担いで、また売りながら近江へと向かう……一年どころか、二年、三年がかりになるんですな」

「うむ。〝買い手よし、売り手よし、世間よし〟という近江商人の三方よしの考えは有名である」

「はい。智兵衛は、ある雪の日に、うちの近くで、まるで行き倒れみたいな格好でいたのを、お美奈が見つけて介抱したのが出会いなんです」

勝左衛門は人と人の出会いの不思議を語りながら、ふたりは惚れ合って、一緒になりたいと言い出したと話した。自分も一目惚れで女房を貰ったから、認めざるを得なかったという。

「近江商人だけに、そりゃ真面目で黙々と働く奴で、裏で何か悪さをするような人間じゃない……それどころか、うちの商売についても、〝三方よし〟の賢い方策で、儲けも出るようにしてくれた」

「それは、よい首尾ではないか」

寅右衛門は感心したが、勝左衛門の表情はさらに曇り、

「ですが、人の良さが裏目に出るというか……先程の奴らは、花川戸の権六《ごんろく》という博徒の子分連中です」

「聞いたことがあるぞ」

「タチの悪い連中でして、さっきご覧になったように、親切ごかしに難癖をつけて金を取ろうとするんです。揉めると厄介だから、客寄せが始まると幾ばくか金を払って帰って貰うんですが……その繰り返しで」

「お上は取り締まらぬのか」

「親切でやったことに、店はその褒美を渡した——それだけのことだと、町方同心らも見て見ぬふりなのです」

「それは許せぬ。身共が説教してやろう」

「そんなことで引き下がる連中ではありません」

首を振りながら勝左衛門は、人を人とも思わぬ権六の恐ろしさを語って、

「うちの智兵衛も、罠にはまったのです。簡単に言えば美人局《つつもたせ》です。商いの出先で、差し込みがきて道端に蹲《うずくま》ってる娘を助けてやり、『すぐそこが家だから』と連れていかれた先で、娘はいきなり、しな垂れかかり……」

「……」

「智兵衛もバカだから、さっさと出ていけばよいものを……ぐずぐずしているうちに、さっきの連中が乗り込んできたんです。その娘は、権六が大事にしている情婦《いろ》とかで……嘘だと思いますが、結局はそういうことで、脅されるハメになったのです」

「違うと言えばよいではないか」

「——与多様……本当にお殿様として育ったのですね」

少しばかり呆れたように、勝左衛門は溜息をついた。

「一介の魚屋から、海産物問屋を始めることができたのは、ひとえに女房の辛抱のお陰です。人に言えぬ苦労を女房にはかけました」

「……」

「世間は有象無象の輩が蠢《うごめ》いてるんです。まっとうに真面目に働く者がバカを見るようにできているのかもしれません」

「……」

「私はたとえ、そういう世の中でも、お天道様に恥じぬように一生懸命生きている者でありたい。女房に……ええ、女房にそう教えられたんです……ですから、お天道様に背いてる奴らの虐《いじ》めは許せない」

切実な思いを語る勝左衛門は、

——元々、自分もダメな男だった。だからこそ、余計に真面目に生きると女房に誓ったことを守り通したい。

と繰り返し言った。

「そこもとの気持ち、痛いほど分かったぞ」

寅右衛門は、項垂れる勝左衛門の肩を、慰めるようにそっと叩いた。

四

その夕暮れ、お久は珍しく、屋形船に乗りたいと言い始めた。

これまで、庭から隅田川の土手に出ることはあったが、遠くに行きたがることはなかったから、勝左衛門は戸惑った。

「今宵は風も強そうだし、寒いから、屋形船も出ないんじゃないかな」

と、止めようとする勝左衛門の言うことを聞かず、いきなりひとりでも行くと言うのだ。智兵衛やお美奈、店の者も止めたが、お久は意地になったように、

「行くといったら行くんです。あなた方は誰なの⁈　一体、どうして私をこんな所に留めておくのです。私は帰りたい。おうちに帰りたいのですッ」

と大声をあげた。どこから、そのような力が出てくるのかと思えたほどだ。

惚けた老人は概《おおむ》ね、夕暮れになると不安になるのか、何処かへ帰りたがる。幼い頃に過ごした家や懐かしい人の顔を思い出すこともある。だが、お久がこのようなことを言ったのは初めてだった。勝左衛門は心配になって、

「分かったよ、お久。では、私と一緒に行こう」

「いいえ。ひとりで結構です。余所様に迷惑はおかけしてはいけませんから」

「でも、ひとりでは危ないでしょう」

「結構です。屋形船には大勢、人がおりますから」

頭はぼやけているが、足腰はまだシッカリしている。放っておくと、お久はひとりで何処かに行きそうだから、勝左衛門とお美奈は後ろからついていくことにした。

「権六の子分たちと、あんなことがあったばかりですから、与多様もご一緒願えますか」

勝左衛門は、食事を終えたばかりの寅右衛門に頼んだ。

「宜《よろ》しい。同行致そう」

そう寅右衛門が答えると、なぜかお久は嬉しそうに頷いて、宜しくお願い致しますと丁寧に頭を下げた。

「——与多様のことを、気に入ったようですな」

妬《や》いたわけではないが、勝左衛門は渋い顔つきになって、智兵衛と番頭、手代たちに戸締まりを厳重にするよう命じた。吾妻橋の近くまで歩き、馴染みの船宿に無理を言って、一艘、出して貰うことにした。

波は少しあるものの、川を下って沖へ出なければ、大丈夫であろうとのことだった。その代わり、料理は適当なものしかなく、煮魚と漬け物や汁物に、炊き込みご飯くらいだという。

「いや、食事は済ましているので、ちょっとしたつまみと酒があれば……」

勝左衛門がそう言って、桟橋から空を仰ぐと、上手い具合に雲間から月が顔を出し、行灯《あんどん》あかりのようにいい風情になった。

ゆっくりと屋形船が離岸すると、船体に水が打ちつける音がし、少しばかり左右に揺れた。

「与多様、一献、どうぞ」

勝左衛門が酒を勧めたが、寅右衛門は断った。元々、酒はさほど強くないし、用心棒の役目を引き受けたからには、いつでも戦えるようにしておかねばならぬというのだ。

「そうですか。では、私は手酌で……」

軽く酒を飲んで、勝左衛門は女房の横顔を眺めていた。

お久は自分で障子窓を開け、流れ込んでくる夜風を楽しんでいるようだった。

「ああ……いい気持ちですわねえ……」

幸せそうな目になって寛《くつろ》ぐお久の姿を、勝左衛門も心地よく見ていた。考えてみれば、屋形船に一緒に乗るなんて、何年ぶりであろうか。勝左衛門は商いのことばかりで、娘のお美奈とも遊んでやった思い出があまりない。

「なあ、お美奈……私は悪い夫で、悪い父親だったのかな」

「そんなことはありませんよ」

お美奈は、お久に寄り添いながら答えた。

「いや……まあ、そう言ってくれると有り難いが……もしかしたら、お久は思い出そうにも、思い出す昔さえないのかもしれない……特に私とのことは」

「お父っつぁん……そんなことはないよ。おっ母さん、いつもお父っつぁんに感謝してばかりだったもの」

「え、そうなのかい？」

「そりゃそうだよ……お父っつぁんと暮らす毎日はとっても楽しかったって」

「――そうかい……本当にそうだったら、いいんだがな」

勝左衛門が盃を重ねていると、お久が突然、振り返って、

「あんまり飲むと体に悪いですよ」

「大丈夫だよ、これくらい」

「そう言いながら夜更かしをして、朝早く行かなきゃならない河岸《かし》に、間に合わなかったことは二度や三度じゃないでしょう」

「えっ……?!」

思わず腰を浮かした勝左衛門は、高膳に盃を戻して、お久に近づいた。

潮の匂いや酒の香りが、記憶を呼び戻したのかもしれない。目だけではなく、鼻や耳などが一緒に何かを感じたときに、昔のことが蘇るともいう。

「分かるのかい、お久……私だよ、勝左衛門だ。おまえの亭主だよ」

「……」

「思い出したんじゃないのかな?」

お久はじっと勝左衛門の顔を見つめていたが、目を少し輝かせて、

「ああ……よくお話をして下さる方ですよね。ええ、分かりますよ……よろしかったら、またお聞かせ下さいまし」

夫であることを思い出したのではなかったが、勝左衛門は喜んで、話をすると言った。お久も微笑んで頷いて、

「ええとたしか……何処かの浜辺で、何かを拾ったのでしたね」

と言った。

何十回も出会った所から話して聞かせたことを覚えているのだ。夫婦になってからの話も何度もしたが、この場面から聞きたいと言ったのは、今宵が初めてだった。

穏やかな月あかりを浴びながら、勝左衛門は話を聞かせ始めた。

「――ぐうたらな亭主で、毎日のように二日酔いぎみでね。二十日も仕事を休んでるんだから、馴染みの客だって、もう忘れてるに違いない。天秤棒担いで行ったところで、他の魚売りがきてるよ。そんなところで、無理に売りつけるのもどうかな……てな言い訳をしながらグズグズしてる」

「困ったものですねえ」

「ええ。女房は辟易してたんだが、とにかく叩き起こして、河岸に行かせた。芝には魚河岸があって、暗いうちから漁に出た漁師たちが、生きのいい魚を揚げるんだ」

「ピチピチ跳ねているのが目に浮かびます」

お久は嬉しそうに笑った。年を取っても、笑うと口元に小さなえくぼができる。

勝左衛門はそれを見ながら、

「でもね、その日は河岸に行ってみたら、まだ薄暗いんですよ」

「え？　どうしてです？」

「女房が嘘をついて、一刻（約二時間）ばかり早く家を追い出したんですよ。でないと、今更行っても、もう魚はねえよ、なんて言い出すから」

「しっかりした女房ですこと」

「そうなんだ。とても、しっかりしててね……だから、まだ漁師たちが大漁旗を掲げて戻って来る前に、寒い中、海を眺めてたら……ああ、海って意外といい景色だな。うっすら明けてくると上総の方が見えて、心も和むなあ……なんて思いながら煙管《きせる》で一服してたら、足下に何かが引っかかったんだ。なんだこりゃ……」

「って、煙管の雁首《がんくび》で引っかけたら、小汚い財布だったんですよね」

「その通り。お久さん、この場面は覚えてるんだね」

「ええ。もちろんですよ」

嬉しそうな顔になって、お久は自分から続けて話した。

「砂でも入ってるのかと思って、その財布を開けたら、なんと沢山、お金が入っている。亭主は驚いて身震いして、周りで誰も見てないかと見廻してから、それで家に駆け戻ってきたんですよね」

「そのとおりッ。今日は調子がいいね、お久さん」

自分の女房だが、下手に呼び捨てにすると警戒して、また気分が塞《ふさ》いではいけないから、気遣いながら、勝左衛門は話を合わせた。

「それで、どうなりましたっけ？」

「亭主は家に持ち帰って、女房と一緒にお金を数えたら、銭だけじゃなくて、二分金や二朱銀なども沢山、混じってて、ぜんぶで四十八両もあった」

「そう四十八両」

「そんな大金、夫婦して見たことがないから、番屋に届けようとしたけれど、亭主は欲を出して、黙ってりゃいいって。これだけあれば、美味いものたらふく食って、いい酒を飲めて、しばらく遊んで暮らせる。金を借りてる八公や熊公、竹らに返した上で、こっちが奢ってやるって、とんでもないことを言い出したんですよねえ」

お久は話をする自分に酔っているかのように、楽しそうにさらに続けた。

「でも、亭主は久しぶりに早く起きたもんだから、早々に寝ちまった。ところが」

「ところが……？」

勝左衛門が顔を覗き込むと、お久はニコリと微笑み返して、

「亭主が次に目覚めたときに、浜で拾ったはずの財布はなかった。それは夢だったんです。早起きして、芝浜まで暗い道を歩いて行ったのも夢、江戸前の海やその向こうの上総の山々を眺めたのも夢、そして、小汚い財布を拾ってきて、家でお金を数えたのも……ぜんぶ夢だった」

「そのとおり。お久さん、よく覚えてるね。私も話した甲斐があるよ」

「ぜんぶ夢……」

そこで、お久は急にぼんやりした顔になって、

「夢……それから、どうなったんでしたっけね……亭主は夢じゃないと言い張ってたけれど、女房は夢だって納得させて……」

「そうだよ。だから、亭主はつまらない夢とあきらめて、次の朝は、ちゃんと仕事に出かけたんだ。それからは、毎日、毎日、河岸に出かけるようになったんだ」

「そうでしたっけ……」

「ああ。〝町々の時計になれや小商人《こあきゅうど》〟って言葉があるが、亭主はそれから、真面目になったんだよ」

「あなたが……いや、私は……」

お久はふいに障子窓の外に目を移し、月光が揺れる川面を眺めた。

「――思い出したかい、お久……どうなんだい。私のことが分かるのかい……なあ、お久。こっちを向いとくれ。私は、おまえに謝らなきゃならないことが、沢山あるんだよッ」

勝左衛門が肩を抱き寄せようとすると、ビクッと驚いたようにお久は身を引き、お美奈の方へ体を傾けた。

「――お父っつぁん……無理はいけないよ……少しずつ……少しずつ、ね」

制するように言うお美奈に、勝左衛門は小さく頷いた。

何度も語り聞かせた話を思い出したのだから、それ以外のことも蘇るに違いない。話の中の亭主と女房が、勝左衛門とお久自身のことであることも分かるときがくると、信じていた。

そんな夫婦と娘の姿を、寅右衛門は愛おしそうに見つめていた。

五

翌日――案の定、花川戸の権六は十数人の子分を連れて、『上総屋』に押しかけてくるなり、店の棚をひっくり返し、商品を表に投げ捨てるという暴挙に出た。

「おうおう！　よくも俺たちをコケにしてくれたな。出てこい、智兵衛！」

見るからに人相の悪い権六は、伸ばし放題の無精髭を震わせ、腹の底から吹き出すような怒声を張り上げた。

「出て来やがれ、おう！　てめえがやらかした不祥事、洗いざらい、世間様にぶちまけてやろうじゃねえか！」

そこへ、奥からぶらりと現れたのは、寅右衛門であった。飄然としており、威嚇するでもなく、まさに自然体で悠然とした態度に、逆に権六はカチンときた。

「てめえが、用心棒か」

「さよう。おまえが、花川戸の権六という不届者か」

「なんだと、てめえ。幾ら貰ってるか知らねえが、しょぼい金で命を落としちゃ洒落にならねえぜ。とっとと失せな、サンピン」

「サンピンとは何じゃ？」

「はあ？」

「身共には、与多寅右衛門という名がある」

「よた……とは、随分と間抜けな名じゃねえか。覚悟しやがれッ」

「おまえこそ、人様の店でこんな真似をして只ですむと思うなよ」

「しゃらくせえ！」

　子分たちをけしかけて、権六は一歩下がったが、寅右衛門はじっと睨みつけたまま迫ってくる。権六はさらに後退りをしながら、大声で子分たちに「やっちまえ！」と命じた。

「やろう！　くたばりやがれ！」

　一斉に長脇差《ながどす》を抜き払った子分たちは、めちゃくちゃに振り廻しながら、寅右衛門に斬りかかった。この辺りでは、〝喧嘩屋〟の異名を持つ乱暴者たちの集まりらしい。だが、闇雲に長脇差を振り回したり、突いたりするだけの素人剣法では、寅右衛門に勝てるはずがなかった。

　右に左に避けながら、寅右衛門は抜刀することなく、数人の子分たちの腕をへし折り、投げ飛ばし、蹴倒し、鳩尾《みぞおち》に拳を打ち込んだ。子分たちはまるで人形のように空を飛んで、地面に倒れると、呻《うめ》き続けた。

「――な、なんだ、てめえ……」

　さしもの権六も怖じ気づいたのか、長脇差を抜いたまま腰が引けていた。寅右衛門がズイッと前に進み出ると、権六はさらに後退りしながら、長脇差を振った。

「おまえたちのような輩は、懲らしめてもまた乱暴狼藉を働く。一体、何をしたいのだ。どうすれば、かようなことを止めるのだ」

「うるせえッ」

「そう怒鳴っているだけでは埒《らち》があかぬ。訳を言うがよい」

「金を返さないからだよ」

「誰が誰に、借金をしているのだ」

「この店の旦那の智兵衛が、俺にだ」

「幾らだ」

「利子を入れて、しめて四十八両！　びた一文負けねえぞ」

「四十八両……本当にその値か。利子というものは、年利にして一割六分と御定《ごじょう》法《ほう》で決まっておる。幾ら貸して、利子は幾らだ」

「……」

「答えられぬのか」

寅右衛門がさらに一歩、前に出ると、隙を狙ったつもりか、キエーイと裂帛《れっぱく》の叫びを上げながら、権六は斬りかかった。

半歩踏み出して避けた寅右衛門は、相手の腕を摑んで小手返しの要領で背後に倒した。その勢いで、肘がねじれて、ポキッと折れたような音がした。

「うぎゃ……いてて……いててて！」

強面《こわもて》の割には情けない悲鳴を上げて、権六は地面をのたうち廻った。

「痛いか」

飄々とした顔のまま、寅右衛門は権六の足下に立って、

「借用証文はあるか」

「そんなものは……な、ない……」

「ないのか。それは困ったのう。智兵衛に借金があるかないかも分からぬではないか。ならば、こうしよう。おまえが貸したという金は、きっと夢だったのだ。それゆえ、証文もない。よって、これで話は終いだ。よいな」

寅右衛門が提案をすると、権六は悔しそうに喘《あえ》ぎながらも、

「ふ、ふざけるなッ。と、智兵衛は、俺の女を……！」

「それも美人局とかいう罠だったそうだな。悪知恵は身を滅ぼすぞ」

「うるせえ」

「さあ、どうする。身共はかように乱暴なことをしても、何も決着せぬと思うぞ。おまえが心を入れ替えて、ほかの者たちもまっとうに働いて暮らすのであれば、

外れた関節を入れてやろう」

と軽く肘の辺りを触って、寅右衛門は「どうする」ともう一度、問いかけた。

「あたたた……」

「もうひと捻りすれば、完全に折れてしまう。肘は一度砕けると元には戻らぬ」

「や、やめろ……わ、分かった……言うとおりにする。借金はチャラにしてやるから、早くなんとかしてくれ」

「男に二言はないな」

「ない……！」

「さようか。では……」

寅右衛門は肘と二の腕を握ると、雑巾のように絞ってゴキッと音を鳴らした。するると、権六の腕は元に戻ったのか、しだいに痛みも薄れてくる。

しばらく、その場に座っていた権六は、まだ芋虫のように地べたを這いずっている子分たちを眺めながら、

「おめえよ……こんな所の用心棒にしとくにゃ惜しい腕だぜ……俺の所にくりゃ、それなりに稼がせてやれるのだがな」

「この腕は稼ぐためのものではない」

「じゃ、なんのためでえ」

「己の身を守るためと、人助けのためだ」

「——ちぇっ。ふざけやがって」

ようやく立ち上がった権六は、ほんの一瞬で満身創痍になった子分たちを叱責しながら、その場から立ち去った。

「二度と近づくでないぞ。今度、見かけたら容赦せぬからな」

寅右衛門が声をかけると、権六は振り返って、「分かったよ」と苦笑を漏らした。

そんな様子を——。

店の中から見ていたのか、塩壺を抱えたお久が出てきて、

「おふざけでないよ！」

と権六の逃げた方角に向かって、バッと塩を振りかけた。

「うちの人が何をしたってんですか。真面目に働いているだけなのに！」

今まで見せたことのない態度、そして強い声である。お久の顔は悲痛でクシャクシャになり、表通りに散らかっている商品などを眺めながら、錯乱したように、

「ごめんなさい……そうです……四十八両……あの四十八両は夢じゃない。私が

……私が、隠してたんです」

「えっ――?!」

驚いて、すぐさま駆け寄ったのは、勝左衛門だった。お久の体を支えて、

「思い出したのかい、お久……」

と顔を覗き込んだ。

実は、勝左衛門が若いときにも、借金の取り立てに来たならず者が、魚を店先に投げ捨て、大暴れしたことがある。その頃は血気盛んだった勝左衛門は、腕っ節に自信もあったから、大喧嘩になり、町方同心などが駆けつける騒ぎになった。

それも、酒の席や博奕《ばくち》などで、ならず者と揉めたのが原因だった。もしかしたら、お久は今、目の前で起こった光景によって、亭主がやらかしたことを思い出したのかもしれぬ。

「――おまえさん……勘弁して下さいね。どうか、どうか……」

お久は小刻みに震えながら両手を合わせ、頭を下げた。勝左衛門は体を抱えながら、板間に連れ戻したが、

「おまえさんが芝浜から拾ってきたおんぼろの小汚い財布……その中にあった四十八両ものお金、あれは私が隠していたんですよ。申し訳ありませんでした」

とお久は同じ事を繰り返して、深々と手をついて謝った。そして、勝左衛門をじっと見つめながら、こう続けた。

「おまえさんは喧嘩っ早いし、気が短いから、途中で怒ったりしないで、終いまで話を聞いて下さいましね……実は、この財布、おまえさんが芝の浜で拾ったもんなんですよ」

そう言って、お久は自分の身の周りを手探りしながら、

「あれ……何処へ行ったのかしら……とにかく、本当のことといえば夢じゃない……『そのお金をどうするのですか』って私が訊いたら、おまえさんは『明日から商売にいかなくていい。毎日好きな酒を飲むんだ』って言いましたよねえ」

「ああ……」

「それは困ったなあと思ったら、いい塩梅に、そのまま寝てしまった。その隙に私は大家さんに相談をして……」

自身番に届けて、大家さんたちには財布のことは勝左衛門に黙っていてくれと、お久は頼んだのだった。でないと、また悪い了見を起こすと考えたからだ。

持ち主が現れなければ、そっくり、そのまま金が入ることになるし、見つかったとしても幾ばくか礼金がくる。そんなあぶく銭を当てにしたら、ますます商売

に身が入らなくなるからだ。

「ですから、私は財布を拾ったのは夢だって言い張ったんです。自身番に届けた後は、よほど本当のことを言おうかと喉まで出かかってました。けれど、夢で押し通した方がいいって、そう思ったんです。そしたら……」

じっと聞いている勝左衛門の顔を、お久も見つめ返しながら、

「それからというもの、おまえさんは好きな酒はプッツリと止めて、夢中になって商売に励んでくれた……雪の降る夜なんか、燗酒の一本でもつけといてやったら、どんなに喜ぶかと思いましたよ。何度も、そうしようと思いました」

「……」

「でも、おまえさんが『つまらねえ了見だから、財布なんざ拾った夢を見たんだ。これからは、まっとうに働くよ』って、折角、心を入れ替えて、好きな酒を断って精進しているのに、頑張って辛抱しているのに、水を差すようなことをしたら、元の木阿弥になると思いましてね……」

「ああ、そうだったねえ」

勝左衛門もしみじみと頷いた。

「だから、私は敢えて辛く当たってたんです。ごめんなさい……それに、半年ば

かりして、持ち主が現れないからと、財布はそっくり戻ってきました。よほど打ち明けようと思ったのですが、やはり隠し通しました……今の今まで、騙し通しました……申し訳ありません……」

涙声になって、お久は袖で目元を拭いながら、

「夫婦なのに、ずっと隠していたこと、連れ添ってる女房に騙されて……おまえさんは、さぞ腹が立つだろうねえ。憎らしく思うだろうねえ……私はぶたれても蹴られてもいい。さあ、好きにして下さいまし」

と覚悟を決めたように頬を差し出した。

まさに昔あったことを、お久はなぞっているのだ。いや、ここにいるのは、もう何十年も前のお久の姿だ。勝左衛門はそう感じたが、芝居でもいいから、いっそこのままのお久でいてくれと心から願った。

「さあ、おまえさん……どうぞ、ぶって下さい」

お久がもう一度言うと、勝左衛門は膝に両手を置いたまま、

「なんで殴れるだろう、お久……腹が立つどころじゃない。私は、おまえに感謝をしてますよ。だってそうじゃないか。ちょっと儲けたらすぐに朝から晩まで酒に博奕、友だちを呼んで来ては飲めや歌えやってな調子で……そんな私を黙って

見守ってくれたのは、おまえだよ」

「……」

「もし、あの時、大金をせしめてたら、きっとろくでもないことになっていた……でも、こうして今や『上総屋』って、おまえの実家の屋号を継いで、旦那と呼ばれる身にもなった……」

今度は勝左衛門の方が感極まって、涙声になってきた。

「お陰で、このお美奈もいい娘に育ち、立派な婿さんが店を繁盛させてくれ、孫まで授かった……誰が殴ったりするもんかい……私は、お久……ずっとおまえに、礼が言いたかったんだよ……礼だけじゃない。詫びなきゃいけないことも、沢山あるんだ。すまなかった……」

「謝ることなんか何もありませんよ」

「本当に、本当にありがとうよ……お久」

「おまえさん……」

思わずヒシと抱き寄せた勝左衛門の腕に、お久は身を任せた。そして、しばらく泣き声とも喜びの声ともつかぬ慟哭《どうこく》となり、お互いに愛おしそうに体を撫であった。

「では、もう大晦日に取り立てられることはないのですね」

「それどころか、毎年、こっちから取り立てに行く所が幾つもあるくらいだよ。すべて、おまえのお陰だよ、お久……」

「ああ、よかった……」

しみじみと息を吐き切るような溜息をついてから、お久はふいに——驚いた顔になって、勝左衛門を突き放した。

「あらまあ、なんてことを……申し訳ありません……はしたないことを致しました」

「お久……」

「何処の何方《どなた》か存じませんが、ご迷惑をおかけしました」

「——おい、よせよ、お久……そりゃないだろ、お久……やっとこさ……やっとこさ私のことを……思い出してくれたんじゃないのかい……ううッ」

勝左衛門は涙顔になって、再び抱き寄せようとした。だが、お久の方は怯《おび》えたように肩を竦《すく》めた。

泣きながら、女房の名を呼び続ける勝左衛門を、そっと寅右衛門が引き離した。

「……ほんの束の間でも、きちんと礼を言えたのだ。詫びることもできたのだ……思いが叶って、よかったではないか」

お美奈と智兵衛も寄り添って、勝左衛門を慰めるように声をかけた。

「申し訳ありません……」

恐縮したように深々と頭を下げて、店の奥に行くお久の後ろ姿を、勝左衛門は嗚咽《おえつ》しながら見送った。

翌朝も——。

いつものように縁側に、お久はちょこんと座っていた。

茶を運んできたお美奈が、「おはようございます」と声をかけると、

「ほんとうにいい天気でございますこと。川の向こう岸には少し、紅葉が広がって参りましたねえ。まあ、綺麗なこと」

「もうすぐ真っ赤になりますよ。そしたら、もっと綺麗に」

「ええ、ええ……」

お久が茶碗を手にして、美味しそうに飲む姿を、座敷から勝左衛門が穏やかな眼差しで眺めている。その側に、お美奈が来て、

「お父っつぁん……どんな詫びることをしたの？」

「そりゃまあ、あんなことやこんなこと……子供になんか言えないことばかりだ

よ」

「けれど、おっ母さんはきっといい思い出だけを覚えてるんですよ。気がかりがあるとすれば、あの財布のこと」

「だと嬉しいんだがな」

勝左衛門はニッコリとお美奈に微笑み返して、縁側に出た。そっと、お久の隣に座ると、庭先を幼い孫たちが走ってきて、たちまち川原の方へ駆けていった。

「おやまあ、危ないですよ」

思わず声をかけるお久に、「大丈夫ですよ」と優しく声をかけてから、勝左衛門はその横顔を見つめた。

「では、またお話をしましょうかね……その娘と若い衆が出会ったのは、芝の浜辺でした。若い衆は江戸前の鯊や穴子、小鰭なんぞを獲る漁師だったんですね……」

お久は今日も日射しを浴びながら、穏やかな顔で、聞くともなく聞いている。

第二話　灯籠と牡丹

一

木枯らしが強い日は、火事に気をつけなければならない。

仕事師の伸太《しんた》は誰に頼まれたわけでもないが、駒形の町内を見廻っていた。仕事師とは、火消しの手伝いをする鳶《とび》の者だが、祝儀不祝儀の金集めから塵芥処理、溝《どぶ》さらい、長屋の修繕など何でもござれの〝よろず稼業〟である。

日が暮れると、辻灯籠に明かりを灯すのも伸太の仕事である。

駒形堂前の灯籠に火をつけようとすると、フッと消えてしまう。何度も、まるで誰かが吹き消すように風に煽《あお》られるので、

――今日は灯明はやめておこう。

そこから見渡せる隅田川の波も大きくなっていて、夜釣りに出かける船も舳先《へさき》が空を向くほど揺れていた。

特に不審な様子もないので、伸太は火の元にだけは気配りしながら、長屋に帰った。

すると――。

丁度、与多寅右衛門の部屋の前で、三人ばかり侍が立っており、何やら揉めている様子である。いずれも同じ紺色の紋付き袴で、どこぞの大名か旗本の家臣のようであった。

「なんだ。またぞろ旦那に仕官話かい？　近頃、多いなあ」

伸太が「御免よ」と家臣らの間を抜けて、部屋を覗くと、寅右衛門は正座をしたまま目を閉じていた。土間には、やはり立派な侍が突っ立っている。

「どうしても無理でござりまするか」

「……」

「此度は、やはり浅草の海産物問屋『上総屋』さんのご主人の推挙によって、こうして頼みに参ったのです。他にも色々と、与多様のお噂は耳にしております。どうか、せめて当家の主《あるじ》と会うだけでも、お願いできませんでしょうか」

寅右衛門は黙ったままである。

その白けたような顔を見た伸太は思わず、土間に入り込んで、

「——与多の旦那……いや寅さんよ。そろそろ仕官くらいした方がいいんじゃねえか？　何を勿体つけてんでえ」

と声をかけた。その物言いに、侍たちは無礼であろうと叱責したげな目を向けたが、伸太は気にすることもなく、

「お武家様方……こう言っちゃなんですが、こいつは贋物の武士ですからね。士分なんかじゃありやせんよ」

「え、そうなのか……？」

「そりゃ、越後四条藩の藩主の影武者ではありましたがね、まあ金で言えば偽金で、絵で言えば贋作ってとこだ。こんなの雇ったら、恥を掻くのはお武家様たちですぜ」

「正反対のことを言うのだな。おまえは今、仕官した方がいいと申したではないか」

立派な侍が矛盾を突くと、伸太は上がり框に座り込んで、

「ですから、金がないんだから働いた方がいいと思いますよ。でも、贋物と知っ

て雇うならまだしもさ……ほら、人を騙すみたいで嫌じゃないか。見てのとおり、何処に出しても恥ずかしくない立派な殿様に見えるけどよ、一応、同じ長屋の仲間だから、妙な奴に騙されやしないかって、心配してやってんだよ」

仲太がズケズケと言うと、パチリと目を開いた寅右衛門は、

「おまえの言うとおりであるな、仲太。贋物ならば、贋物の使い道もあろう」

「え……？」

「よろしい。一度、主君に会うてみよう。話はそれからでも遅くあるまい」

ようやく腰を上げた寅右衛門に、立派な侍たちは複雑な表情になったものの、とりあえず頭だけは下げた。

訪ねた武家屋敷の主は、寄合旗本の大河原主膳《おおかわらしゅぜん》という、かつては勘定奉行も務めたほどの人物であった。

立派な長屋門は大名屋敷と見紛うほどである。事実、寄合旗本とは三千石以上の大身《たいしん》の旗本であるから、邸内の回遊式の庭園も、松や池や築山を配して見事な風景である。

その庭が見渡せる座敷に通された寅右衛門は、かつて暮らしたことのある城の吹上庭園を思い出していた。

った。

「これは与多寅右衛門殿……本日は、ようやく来ていただき、感謝致しまする」

奥から来た当主の大河原主膳は、微笑みを浮かべながら、床の間を背にして座った。

まだ三十代半ばであろうか、寅右衛門と同じ年ごろである。声が少し甲高く、大身の旗本というよりは、小役人のような卑屈な態度に見えた。胡座《あぐら》を組んでも、わずかに膝を揺らしているのが、落ち着きのなさを示している。

「与多殿のお噂は耳にしております。その姿を拝見して、なるほどと思いました。武芸に優れており、困った人々を助けることを何の躊躇もなく実践する、心優しき御仁だと聞いておりましたが、さもありなんですな」

「畏れ入る」

「早速ですが、貴殿には儂《わし》の側近として、仕えて貰いとうござる」

「側近とは驚いた。まだ、お互いにろくに人柄も分からぬのに、さような重職に就けてよろしいのか」

「一目で気に入りました。いや、如何なる人物か、どのような考えか、どれほどの腕前と度胸、器量があるかなどは、すぐに分かるものでござる。これでも十年も勘定奉行を務めておったことがありますれば」

「なるほど。身共も、貴殿が一方《ひとかた》ならぬ人物だと分かった。ここは腹を割って、話そうではないか」

寅右衛門がじっと見つめると、大河原も意気を通じたように頷いて、すぐさま人払いをした。傍らに控えていた、大河原家用人の和泉萱兵衛《いずみかんべえ》は一瞬、エッと主人を見やり、

「——私も、ですか……」

と訝しんだ。が、大河原は顎をしゃくって、

「おまえは、お露《つゆ》の様子でも見ておれ。近頃は、妙な連中も出入りしておると、誰かが申しておったゆえな」

乱暴に言い放った。

和泉は平伏してから立ち去った。年の頃は、大河原よりも一廻りほど上だった。先代から仕えている用人で、鬢にも白いものが少し混じっている。ギョロリとした目が印象的であった。

「なかなかの武芸者と見受けたが」

寅右衛門が素直に言うと、大河原はさすがだと頷いた。将軍の上覧試合で最後まで勝ち残ったことがある新陰流の使い手らしい。

そのような立派な剣術使いが用人にいて、何故、新たに使い手が欲しいのか、寅右衛門は気になった。大河原はそのことについては深く語らなかった。ただ、

——裏切り者を探して欲しい。

と囁いた。

「貴殿に害を及ぼす者がいる……というのか、家臣の中に」

「……」

「そうなのか？」

大河原はコクリと頷いて、

「実はな……おぬしを武士の中の武士と見込んで、正直に話すが、儂はその昔、つまらぬことで喧嘩をして、ある男を殺したことがある。果たし合いといえば聞こえはいいが、多勢に無勢、なぶり殺しにした」

「なぶり殺しに……」

「その男には息子がいた……」

「……」

「そやつが、父親の仇討ちにと、この屋敷の中に、家来なのか、中間なのか知らぬが、紛れ込んでいる節があるのだ。そして、寝首を掻こうと虎視眈々と狙って

いるのだ」

「仇討ち、な」

「さよう。遠い昔のこととはいえ、もしかしたら、すぐ近くに儂を恨む者がいるやもしれぬ」

「――つまり、そやつを見つけて殺せ、とでもいうのか」

睨みつける寅右衛門の目が、ほんのわずかだがギラリと光った。大河原はすぐに首を振って、違うと言った。

「まさか……儂は討たれてやってもよいと思っているのだ。ただ……」

「ただ……？」

「娘のことが心配でのう。万が一、儂が死ぬことになれば、ひとり娘……お露の先行きが心配なのだ……」

「先程、和泉殿に面倒を見てろと言った、お露というのは、娘であったか」

「さよう。十八になっても嫁にも行かず、儂の側にいるのだが……なんとか嫁ぐ先でも決まっておれば、大河原の家が絶えたとしても、儂は悔やまぬ」

「娘さんが十八……えらく若いな」

「儂が十八の時の子ゆえな。母親は産後の肥立ちが悪くて……」

「なるほど……」

寅右衛門は同情して唸ったが、何故、ここまで初対面の自分に裏話をするのかは、理解できなかった。

だが、仇討ちをされるのは覚悟しており、娘の身だけを案じている父親の気持ちは、分からぬでもなかった。何より、家臣の誰にも相談ができぬ主君の孤独を感じ、寅右衛門はできることはすると約束をした。

「まことか、与多殿……」

「武士に二言はござらぬ。贋物の武士だが、贋物なりにやってみよう」

寅右衛門は、しっかり頷いてみせた。

二

数日後——女中のお米《よね》と芝居見物に出かけていた大河原の娘、お露は、その帰り道、妙な輩にからかわれた。

「そこの綺麗な姉ちゃん、澄ましてないで、酌でもしろ」

などというのである。

武家女はひとりで出歩くことは決してない。これは商家とて同じだが、大概は女中の他に小者か中間を連れている。同行していた中間・千吉《せんきち》が少し離れた間の出来事だった。

すぐさま千吉は、言い寄ってきたならず者を追っ払おうとした。小柄な割には、度胸がありそうな若造だ。

しかし、路地に隠れていた仲間がぞろぞろと出てきて、千吉はぶっ飛ばされてしまった。思わずカッとなって、千吉は道中差《どうちゅうざし》を抜こうとしたが、お米が止めた。

「よしなさい、千吉。かような下郎を相手にしてはなりませぬ」

毅然と言ってのけたお米は、ヘラヘラ笑いながら取り囲むならず者たちを見廻し、

「私たちは、五千石の旗本の家中の者です。つまらぬことで、罪人になりたくなければ、そこを通しなさい」

「嫌だと言ったら？」

「後悔するのは、あなたたちですよ」

「どうかねえ……俺は、その姉ちゃんが気に入った。小股が切れ上がって、なんとも具合が良さそうじゃねえか、ええ？」

いやらしい下卑た笑いを浮かべて、冷やかしながら、ならず者たちは通せんぼをした。もう我慢がならぬとばかりに、千吉が摑みかかろうとしたとき、サッと割って入ってきた若い衆がいた——伸太だ。

「待ちねえ、待ちねえ。まだお天道様が空にいるうちから、無粋なことはしなさんな。酌なら、俺が付き合ってやるぜ」

「なんだ、てめえはッ」

ならず者たちのなかで一番の兄貴格の蛇蔵《へびぞう》が、その鋭い目を向け、首筋の刀傷をこれ見よがしに晒した。

「おい、俺を知らねえのか。浅草奥山で芝居を見た帰りは、浅草寺はもとより、駒形の観音様に詣るってのが〝通《つう》〟ってもんだろうが。おうッ。駒形の伸太の顔を知らねえとは、てめえらモグリか。さもなきゃ、余所者だな」

と負けずに、伸太も袖を捲《まく》った。

鮮やかな刺青《ほりもの》が入っている。背中には鯉の滝昇りがある……はずだが、余りにも痛いので途中までしか入っていない。筋だけが残っているから、筋者《すじもん》という。

「知らねえな」

蛇蔵はペッと唾を吐きかけた。

「なにしゃあがる！」

途端、伸太は、お露たちを押しやって、

「早く。お逃げなせえ。ここは、あっしに任せなすって」

少しは腕に覚えがある。伸太は怒鳴り声を上げながら、千切っては投げ、投げては千切って――と自分では思っていたが、ドスンと鋭い拳が鳩尾に食い込み、体がくの字に曲がった。

それからは、まったく覚えていない。

気がついたら、駒形そこつ長屋の自分の部屋で、大の字になって寝ていたのだ。

傍らには、同じ長屋の大工の熊蔵《くまぞう》、廻り髪結の源次《げんじ》、そして、岡っ引の平七《へいしち》らが取り囲むように見ていた。いずれも大層、心配そうな顔である。

妙に喉が渇いていた伸太が水を求めると、熊蔵が傍らにあった赤茶色の丼に甕《かめ》から水を汲んで、飲ませてやった。

「――ふわあ。うめえ……ありがとよ」

と一息ついてから、改めて長屋の連中の顔を見廻した。

「あれ……浅草小町のお静ちゃんは……」

ぼそっと言った伸太の肩を、ポンと熊蔵が軽く叩いて、

「みんな案じてたのに、そんなことしか言えねえのか……おそらく肋《あばら》の一、二本は折れたかもしれねえのにな」

「ええ……」

「今は薬が効いてるんだろうが、そのうち痛みが出てくるぜ」

すでに町医者に診せられて、それなりの処置を受けていた。

「こういうときにこそ、お静ちゃんは来てくれねえのかよ、冷てえなあ……」

悲嘆に暮れる伸太に、源次は言った。

「この刻限は、茶店の書き入れ時だ。今頃は、馴染みの客が口説いてるだろうぜ。うひひ」

「病人をからかうねえ」

「怪我人じゃゃねえか」

「恋の病だよ」

「下らねえこと言ってねえで、いい加減、喧嘩なんざするのはやめろや」

今度は、平七が声をかけた。

「たまさか、佐々木《ささき》の旦那が通りかかったからいいものの、あのままやられっ放しだったら、おまえ、死んでたかもしれねえぞ」

佐々木の旦那とは、北町奉行所の定町廻り同心で、平七に御用札を預けている。

「何があったか知らねえが、大して強くもねえくせに、喧嘩なんぞするねえ。どうせ、賭場で揉めたんだろうが」

「ち、違う、俺は……ア、イテテ……ほんとだ、痛みが廻ってきやがった……」

情けない声になって、伸太がぐずり始めたので、熊蔵たちは「帰ろう、帰ろう」と立ち去った。みんな明日も仕事があるのだ。仕事師のように暇潰しばかりの毎日とは違うのだ。

「なんだよ、おい！　冷てえなあ！」

伸太は怒鳴ろうとしたが、体中が痛くて、蚊の鳴くような声しか出なかった。

その後もずっと痛みが続いて、眠っているような、眠れないような夜だった。

雨が降る音で、伸太は目が覚めた。安普請の長屋だから、余計に屋根や軒がうるさく感じる。

「――御免下さい」

と声がした。

ウッと起き上がろうとしたが、障子窓の外は真っ暗である。空耳だったと思っ

て、体の力を緩めると、軽く表戸がトントンと叩かれる音がして、

「夜分に申し訳ありません。駒形の伸太さんのお住まいとお聞きして参りました。昼間、助けて頂いたお礼でございます」

「えっ……」

伸太は寝床から這いずるように起き上がったが、座るのがようやくで、思うように体を動かすことができない。

「御免下さいまし」

「ああ、聞こえてるよ。心張り棒は掛かってねえから、そっちから開けて入ってくれ」

と伸太が声をかけると、しばらくしてガタゴトと建て付けの悪い表戸を引き開けて、女中のお米が、ふくよかな姿を見せた。昼間、チラリと見ただけだから、このような顔だったかなと思ったが、意外と面長で意思の強そうな目をしていた。

外には、傘をさしている娘がいる。向かいの熊蔵の部屋から漏れている行灯あかりだけが頼りだが、顔ははっきりとは見えない。ただ、昼間、伸太がとっさに助けたのは、

——可愛らしかった。

からだ。桃のように丸くて柔らかそうな顔で、なのに体はスッと細く、花柄の着物がとても似合っていた。かといって華やかではなく、どこか淋しげな印象が残っていた。

「まあ、これは何という……」

お米は驚いたように土間に入ってきて、仲太の様子をまじまじと見た。頭や体中に包帯のように、白い晒しが巻かれており、腕や足に添え木があるので、大変な怪我をしたのだと、お米は思ったのだ。

「私たちのために、なんとも……本当に申し訳ございません」

「なに、どうってことたあねえよ」

仲太は外の娘の方が気になって、目を配りながら、

「それより、仕返しされなかったかい。ああいう手合いは蛇みたいにしつっこいから、用心しねえとな。あ、でも、大身の旗本ならば、大丈夫か」

「今のところは大丈夫でございます。本当にありがとうございました」

「だから、礼には及ばないって。こちとら、仕事師として町を綺麗にするのが稼業だから、当たり前のことをしたまでよ」

と言いながら、仲太はまた外を見て声をかけた。

「そこじゃ濡れるから、お嬢さんも入ったらどうだい」

「――はい……」

消え入るような声で、お露は傘を傾けて顔を見せて頭を下げたが、部屋に入って来ようとはしなかった。

「だよな。こんなむさ苦しい所に、お武家の方が入らねえよな。ああ、気にしなくていいよ。もう冬支度の時節だってえのに、溝《どぶ》には蛆が湧いてるかもしれねえから、気をつけてくださいよ」

「いえ……本当に、ありがとう、ございました……」

たどたどしくお露はもう一度、頭を下げて微かな笑みを浮かべた。ゾクッとするような美しい顔だちで、さして女好きというわけでもない伸太でさえ、むしゃぶりつきたい衝動に駆られた。

「いけねえ」

バシッと伸太は自分で頬を叩いて、妄想を振り払った。

「どういたしました？」

お米が驚くと、伸太は凝り固まった首をゆっくりと動かしながら、

「なに、蚊がまだ生きてやがら……ったく、この長屋はよう。えへへ……いや、

ほんと礼なんてしなくていいのに。とにかく、ご無事でようござんした、へえ」

　と却って恐縮したように言った。

「――夜分に失礼かとは存じましたが、本当にご迷惑をおかけしました。お礼と言ってはなんですが……」

　袱紗と紙包みを差し出すと、そっと土間の上の板間に置いて、お米は改めて感謝の意を伝えた。そして、

「些少ですがお礼です。おはぎがお好きだと聞いたものですから、どうぞ召し上がってくださいまし」

　と付け加えた。

「どうして、おはぎが好物だって……？」

「与多寅右衛門様に教えて頂きました」

「与多の旦那に……」

「丁度、私どもの……旗本・大河原主膳様の側役《そばやく》に、ご仕官されたばかりですが、これもまた不思議な縁でございますので、今後とも宜しくお願い致します」

「ああ、そうだったのかい。ちゃんと仕官したって話は、大家のおつねさんからも耳に入ってたが、そうかい。へえ、そうだったのかい。ほんと、奇遇ってやつ

だなあ」

嬉しそうに仲太は笑った。

「それでは、また明日もお見舞いに参り致します」

「いや、それには及びません……」

申し訳ないと言おうとした仲太に被せるように、お米がさらに付け足した。

「遅くなりましたが、このお方は、大河原主膳様のひとり娘の、お露様でございます。助けてくださったあなた様に、どうしても御礼をしたいと」

「いやいやいや……そりゃ、大層な……あ、いや……」

困惑して両手を突こうとしたが、上手い具合にできずに、前のめりに倒れた。

お米はそれを支えながら、

「それでは、お大事に。御免下さいませ……」

と挨拶をして立ち去った。

表戸が閉じられると、また雨が強くなってきた。

仲太が傍らに置かれた紙包みを開けると、大きなおはぎがふたつ入っていた。すぐさま手を伸ばして、腹が減っていたのを思い出したかのようにバクバクと食べた。

一息ついて袱紗を開けると、そこには一両小判が入っていた。

「あ、こりゃいけねえよ……こりゃ……」

貰いすぎだと仲太は心底、そう思ったが、少しずつ嬉しさも込み上げてきた。

「――お露さん、か……別嬪《べつぴん》だなあ」

腹が落ち着くと、今度は眠気が襲ってきた。

三

大河原主膳の屋敷内――離れの茶室では、用人の和泉菅兵衛が茶を点《た》てていた。武士の嗜《たしな》みとして、大河原家では代々、遠州流の茶道の稽古をしている。禅と結びついた茶道は、単に行儀作法だけではなく、武道と同様に、精神統一のために必要不可欠であった。

――心が淀んでいると、時に、嘘が現れる。

それが大河原の考えであった。ゆえに、家臣たちを一堂に集めて、茶会を催すのである。ゆえに、四畳半の狭い茶室ではなく、大寄せのように何人もが次々と、茶を喫することができる場としていた。

袱紗の使い方ひとつとっても、表千家や裏千家などの流派で違ったり、逆であったりするが、寅右衛門も心得があり、和泉の点前を丁寧に受けていた。

「大変、結構でござる」

飲み干した寅右衛門は茶碗を膝前に戻し、黒楽の茶碗を掌に載せて、じっと拝見した。その様子を、亭主席から見るともなく見ていた和泉は、小さな溜息をついた。

「いや、見事な逸品でござる」

寅右衛門が言うと、和泉はふっと口元を歪めて、

「さすがは影武者殿様。贋作を褒める目利きでありますな」

「さよう。実に見事な贋物じゃ」

微笑み返すと、和泉は余裕の笑みで、

「分からなかったくせに、見栄を張らなくてよい」

「こっちも話を合わせたのだ」

飄然と言う寅右衛門を凝視して、和泉は家臣たちにも聞こえるように朗々と言った。

「……おぬしのことは、少々調べた。越後四条藩という田舎殿様の真似事をして

おったようだが、遊びではないのだな」

「むろん、遊びではない。影武者とは命がけの仕事じゃ」

淡々と返す寅右衛門が気に入らない和泉は、フンと鼻を鳴らして、

「町場の噂を聞いて、長屋住まいのおぬしを取り立てたが……恥の上塗りにならぬうちに、屋敷から引き下がるのがよろしかろう」

殿様のことなど自分の思い通りになるのだという露骨な態度の和泉を、寅右衛門はチラリと見て、

「なるほど。さすがは用人の和泉様。お見事なお手前でござるな」

「——なに？」

ギロリと異様な目つきになって、寅右衛門を睨みつけて、

「何が、見事なお手前なのだ」

と、和泉は聞き返した。

「この黒楽でござる。贋物にしてはできすぎているとは思わなかったのか？　その手に取って、点てたのだから、真贋くらいは分かろうというもの」

「何が言いたい」

「これは本物で、大河原様が大切にしていた先祖伝来のものだ」

寅右衛門が断じると和泉は訝しそうに、

「まさか……」

「貴殿が分からぬほどだから、普段使う贋物もよほどの物だったのであろう。だが、これが贋物だと言うならば、庭の石に投げつけてみてはどうだ」

「なに……？」

「さあ。どうぞ、投げ捨ててみるがよい」

殿様言葉になる寅右衛門に、和泉は益々、苛立ちが増してきたが、戻された茶碗をまじまじと見つめた。

腹の探り合いならば、海千山千の者たちとやりあってきた和泉は自信がある。だが、寅右衛門の腹の中は読み切れなかった。

「分からぬのか、和泉殿。密かに、入れ替えておったのだ」

「……」

「本物だと思うなら、点前を続け、贋物だと思うなら、割ってしまえ……そう殿もおっしゃっておる」

寅右衛門が謎解きのように言うと、和泉は困惑した表情になって、上座で見ていた大河原に顔を向けた。

「どうする、和泉……」

静かな物腰で大河原が言うと、和泉はしばらく黙って茶碗を見つめていたが、

「本物であろうと贋作であろうと、これまで大切に使ってきたもの。わざわざ割って粉々にすることはありますまい」

「つまり、真贋が分からぬのだな」

詰め寄るような言い方になる大河原に、唇を歪めた和泉は、

「殿……座興も程々に願います」

「ならば、寅右衛門に謝れ」

「――はあ？」

「本物の殿様であろうと影武者であろうと、人としての真贋をおまえは見抜けなかった。儂は、一目で信じられる男と分かった。何十年、儂の側におっても、贋物は贋物……割ってしまいたいくらいじゃわッ」

めったに感情を露わにしない大河原を、キョトンとして和泉は見ていた。

「と、殿……」

「おまえは先代……儂の父の代から仕えておるゆえ、引き続き用人を任せてきたが、拝領金や禄米の使い道が不明であるし、近頃は妙な動きもしておるようだ」

「さようなことはありませぬ」

毅然と言い返した和泉に、冷静な態度で、大河原は命じた。

「そろそろ、隠居すればどうだ。新たな用人は、与多寅右衛門に任せたい」

「バ、バカな……殿は、どこの誰かも分からぬかような浪人者に、いや武士かどうかも分からぬ者に、籠絡されているのです。何を企んでいるか分からぬ輩ですぞッ」

「隠居後も食うに困らぬ程度の面倒は、大河原で見てやるによって、さよう心得よ」

「お待ち下さい、殿……」

哀願するように亭主席を離れ、大河原のもとへ膝を進めようとしたが、

「直ちにとは言わぬ。二、三日、胸に手を当ててよく考え、自ら出処進退を決するがよい。儂の最後の情けじゃ」

と言い切った。

呆然となった和泉を、他の家臣たちも不審な眼差しで見ている。四面楚歌の和泉は、それでも納得できないとばかりに、腹立たしげに立ち上がり、茶室から出ていった。

溜息混じりで見送る大河原の横顔を、寅右衛門はじっと見つめていた。

怒りが収まらぬ様子で、屋敷から出た和泉は小者も連れずに、ズンズンと通りを歩いていき、辻番が声をかけようとしても、斬られるのではないかと思えるほど、恐ろしい形相だった。

訪ねたのは、上野広小路の外れにある場末の居酒屋であった。手伝人足《てつだいにんそく》らが日銭を落として飲んだくれている、安い店であった。その片隅で、一際、大声で陽気に喋っている連中が数人いる。暖簾を潜って店に入った和泉は、

「おいッ――」

と険しい声を投げかけた。

ギロリと刃物のような目で振り返ったならず者が、和泉の顔を見るなり、俄《にわか》に表情が和らいで、人気《ひとけ》のない掘割の方へ歩いていく和泉を追いかけながら、

「これは和泉様。こんな所まで何用で……」

と、揉み手で声をかけた。

「何をグズグズしておる、蛇蔵。さっさと始末をせぬか」

「相済みません。この前は、とんだ邪魔者が入りまして。駒形の伸太とかいった

か、そいつはボコボコにしてやりやしたんで……でも、佐々木とかいう八丁堀同心が来たんで、その場は……」

「言い訳は聞きたくない」

和泉の顔つきは鬼のように変わって、

「おまえたちには、賭場として中間部屋を使わせて、散々、稼がせてやったはずだ。たかが小娘ひとり殺せぬのなら、おまえを始末してもよいのだぞ」

「じょ、冗談でやしょ」

パッと飛び退った蛇蔵は、両手を突き出して身構え、

「そこまで言うなら、ご自分の手で殺《や》ればいいじゃねえですか」

「できれば、おまえなんぞに頼まぬ」

「ハハン……もしかしたら、旦那……あのお露とかいう娘を殺して、万が一バレても、俺たちのせいにして、事を済ますつもりでやすね。そういう魂胆ですかい」

「危ない橋を渡っても余りある金を、おまえたちには与えたはずだ」

腰の刀に手を当てて、和泉が一歩前に踏み出すと、蛇蔵はその剣の腕前を承知しているのか、腰を屈めて、

「分かりましたよ。へえ、必ず、おっしゃるとおりにしやすから」

「急ぐのだ。こちらも都合があるゆえな」

「承知しやした。今日にでも、早速」

「手筈は俺が整える。それに従って……分かったな」

と和泉が蛇蔵の耳元に囁くと、近くでコトッと物音がした。

「?!――」

不審に思った和泉は、目顔で蛇蔵に立ち去れと命じた。すぐさま踵《きびす》を返して駆け出す蛇蔵の雪駄《せった》の音が遠ざかると、

「出てこい……何奴じゃ」

和泉は、路地の天水桶に向かって声をかけた。すると、その陰から、おもむろに立ち上がって姿を現したのは、千吉だった。

「おまえは、中間の……」

「へえ。覚えてくれてやしたか」

「どうして、ここへ」

訝しんで、和泉は訊いたが、それには答えず、千吉は真面目な顔のままで、

「この前、お露様を襲った奴ら、どっかで見たことがあると思ったら、うちの中

間部屋に時々、出入りしていた奴ですね」

「……」

「あんな奴らに、お露様を殺せと頼むとは、恐れ入谷の鬼子母神でさ」

鋭い目で睨みつけてから、千吉は路地の奥に駆け出そうとした。

「待て、千吉……俺はおまえの正体を知っておるぞ」

と和泉が声をかけた。

エッ——と振り返った千吉に、和泉が近づこうとした。が、千吉は後退りをして、間合いを取った。

「ほう……おまえもそれなりに剣術の修業をしてきた身とみた」

「……」

「おまえが何故に、厳しい修業をしたか言うてやろう……仇討ちをするためだ。我が殿、大河原主膳にな」

「——どうして、それを……?!」

驚愕したのは千吉の方だった。和泉はしたり顔で間合いを詰めながら、

「我が屋敷に、中間として来たときから、気づいていた……おまえは、殿が十年程の昔、両国橋の袂で、なぶり殺しにした藩士の息子だとな」

「！……」

「俺もその場にいたからな、よく覚えておる。おまえはその頃、まだ十一か二……よくぞ長年、我慢してきたのう」

「……」

「なぜ、そうと知りながら、放っておいたのだという顔をしているが……おまえの願いを叶えてやりたいからだ」

「えっ……」

千吉は戸惑いと疑いの目で、和泉を睨みつけていた。

「恨んでるのであろう。仇討ちをしたいのであろう？　ああ、叶えてやるとも。この俺の手でな……俺もつくづく、殿には嫌気がさしておるのだ」

怪しい光が、和泉の瞳の奥で燦《きら》めくのを、千吉は凝視していた。

四

その夜も、そのまた次の夜も、そのまた次の夜も——お露とお米のふたりが、駒形の伸太の部屋を訪ねてきた。

仲太は申し訳ないのと、武家相手で堅苦しくなるので、動きづらい体では窮屈だったが、せっかく見舞いにきてくれるので、有り難く対応していた。

「それにしても、夜毎夜毎《よごとよごと》に恐縮です……おふたりさんのお屋敷は番町の方と聞いてますんで、駒形くんだりまで来るのは、女のお御足《みあし》では大変でしょう」

気を遣って仲太が言うと、お米は答えた。

「いいえ。お姫《ひい》様……お露様は、すっかり惚れてしまったのです」

「えっ……惚れて……」

「ええ。一目で心を射抜かれた、とでも申しましょうか。ですので、どうしてもと……夜道は物騒だから、私は止めるのですが、お露様はその……ほんの少しでもお目にかかりたいとの仰せで……」

「と、とんでもねえ……旗本のお嬢様から、勿体ねえお言葉……一体、どこがいいんでしょうか、ハハ」

「飾らぬ素朴さ。不動の力強さ。なにより、でんと肝が据わった堂々とした姿というか……何もかもが素晴らしいと……ですよね、お露様」

お米が促すように見ると、お露は恥じらうような声で、「はい」と頷いた。そして、板間に腰掛けてよいかと訊いてきたので、仲太はますます緊張して、

「へえ、どうぞ。お召し物が汚れなければ、よろしいのですが」

「ありがとうございます」

消え入るような声で言ってから座ると、仲太の方をじっと見つめている。身の置き所に困った仲太は、もじもじとしながら、

「あいにく茶葉が切れてやして、それにまだこんな形《なり》ですんで、仕事どころか買い物もできねえ体《てい》たらくでして、へえ……」

と訊かれてもないことまで言い訳をすると、お露は細い声で、

「少し……喉を潤しとうございます」

「あ、ですから、茶は……それに、もう火を落とす刻限なんで、へっついも……あ、白湯《さゆ》の冷めたのなら、ありますが……」

「それで結構でございます」

「さいですか……」

「できれば、それで戴きとう存じます」

お露が指したのは、仲太の寝床の脇に置いてある赤茶けた丼だった。

「え、あれは丼で、茶碗じゃありやせんから。しかも、俺が使ってるやつでして」

「それで結構でございます」

お露がまたそう言うと、お米も微笑みながら、

「どうぞお気になさらずに」

「本当に、いいんですかい？」

伸太は、まじまじとお露の顔を見た。薄暗い中とはいえ、間近で見ると、色白で美しい顔だちをしている。仄《ほの》かに匂い立つ肌の香りも、男心を擽《くすぐ》るに十分であった。

「そんな、俺は……」

ドギマギしていると、お米は「失礼します」と言ってから部屋に上がり、丼を手にした。そして、しばし眺めてから、

「――実に、お見事な……」

と歎息しながら褒めた。

「そんなバカな。そりゃ、どこぞのガラクタ市で只で貰ったもんだ。褒められる代物じゃねえやな」

「でも、この釉薬《うわぐすり》の流れや、赤茶けた色合い。それに飲み口が少し崩れた塩梅など、古田《ふるた》織部《おりべ》の赤に通じるものがあります」

「たしかに赤ら顔の古狸が持ってたらしいが、俺には只の小汚え丼だ」

お米は丼に、甕《かめ》から杓《ひしゃく》で水を注いで、お露に手渡した。すると、ゆっくりと味わうように飲み干した。

それをじっと見ていた伸太は、申し訳なさそうに、

「――大丈夫かい？　酒臭くなかったかい？」

「おいしゅうございました。喉がすっかり潤いました」

丁寧に、やはり蚊の鳴くような声で礼を言ってから、お露は丼の縁を懐紙で軽く拭いた。しばらく眺めてから床に置いて、

「もし、よろしければ……あ、いえ……もしも、でございます……」

「はい……」

「床入れなんぞをして戴ければ、ありがたいのでございますが」

「と、床……あの、ここで、ですかい」

「いいえ。できれば、私の屋敷にて、お願いできれば……」

「じょ、冗談でやしょ。そんな……何を藪から棒に……」

何かを勘ちがいした伸太は、急に体中が火照《ほて》ってきた。

「あまりにも身分が違いすぎます」

「身分なんぞ関わりないこと……いい巡り会いがあるかどうかです。これもまた何かの縁《えにし》だと思いますれば」

「でしょうねえ。でも、どうにも不釣り合いと思いやすが……」

仲太が言うと、お米の方が首を振りながら、

「いいえ、ご立派でございます。お姫様は心の底から、つまり……欲しゅうございまするゝと、慕っておいでです」

「えっ……」

「では、納めの儀式はまた改めて、お願い申し上げます。今宵は……お姫様も名残惜しゅうございましょうが、また改めて……」

と言うと、お露も頭を下げて、楚々とした足取りで出ていった。

仲太は片足を引きずり、柱や壁に凭《もた》れかかりながら表に出て、木戸口の外まで見送った。深々と頭を下げると、お露とお米は宵闇に消えていった。

「――夜道ですから、どうか、お気をつけなすって」

仲太が頭を下げたとき、背後から突然、

「誰に挨拶してんだい？」

と声がかかった。

振り返ると、長屋の大家のおつねが立っていた。

昔は芸者だったから、島田崩しも、後ろ襟を少し下げた着物の着方も様になっているが、亭主を亡くして、ごうつく大家と噂されるくらい勝ち気な顔になっていた。

「なんでえ、おつねさんかよ。脅かすねえ」

「驚いてるのはこっちだよ。あんた、誰と話してんだい」

「誰って……へへ、そりゃ内緒だ」

「なんでだよう」

「下手に邪魔されて、縁談を潰されちゃ、かなわねえからよ」

「縁台を潰す？　何処の縁台だい」

「バカ。縁談だよ。もうすぐ吃驚《びっくり》して、その鼻の穴が天井向いて、中に雨水がしたたり落ちてくるぜ、へへ」

「おまえさん、誰かと縁談があるのかい」

「驚き桃の木。俺にもそろそろ運が向いてきた。このおんぼろ長屋ともオサラバだな」

浮かれた顔の伸太の額に、おつねは掌をあてがって、

「怪我をしてから妙だと思ってたんだけどさあ、やっぱり頭も強く打ってるに違いない。もう一度、ちゃんと医者に診て貰った方がよさそうだねえ」

と言うと、熊蔵も部屋から出てきて、

「俺もその方がいいと思うぜ」

「――なんでぇ、ふたりとも。もしかして、俺の話を聞いてて嫉妬してんのか？」

「仲太……ほんとに大丈夫か……近頃、少し痩せてきたしよ……」

神妙な顔つきになった熊蔵も、本当に心配そうに、

「おめえ、ここんところ夜な夜な、ぶつぶつと独り言を話しちゃあ、ひとりで大笑いしたり、表に出てきて誰に向かってやってんのか、頭を下げて挨拶したりしてよ……気味が悪くてしょうがねえんだ」

「独り言じゃねえよ。相手は俺たちがさつ者とは違って、物静かでお上品だから声も小せえ。気づかなかっただけだろ」

「じゃ、何処の誰でぇ」

仲太は含み笑いをしながら、内緒だと誤魔化した。

「熊蔵さんのような下々の人間にゃ手の届かぬ貴婦人だよ」

「貴婦人……伸太さん。大家と店子といえば、親子も同然。水臭いじゃないさ」

熊蔵とおつねに詰め寄られて、伸太は仕方がないな、まだ誰にも内緒だぞと念を押してから、正直に話した。この怪我の元になった武家の娘で、助けた御礼にと夜毎、訪ねてきてくれているのだと言った。

「その怪我は人助けだったのかい？」

「だから、端《はな》からそう言ってるじゃねえか。喧嘩じゃねえってよ」

「で、何処の誰でぇ、その貴婦人とは」

「聞いて驚くなよ、狸の太鼓。実はな……元勘定奉行の旗本、大河原主膳様のお嬢様、お露様だ……」

「あれ、聞いたことあるなあ……たしか、与多様が仕官したとかいう……」

おつねが思い出すと、伸太も頷いて、

「そうそのとおり。もしかしたら、寅の旦那が俺のことを推挙したのかもしれねえな。若くて、いい男で、腕っ節が強くて、心根のいい奴だってよう」

と嬉しそうに答えていると、

「ウワッ……ウワウワワア、ワワワア！」

熊蔵が大声を上げながら、全身を震わせて飛び上がった。

「そ、そんなはずはねえ。大河原様のところのお露様なら……女中のお米共々、もう何日か前に死んでる……殺されたはずだッ」

「殺された……？」

「与多の旦那から聞いたんだから、間違いねえ。俺は離れの修繕に呼ばれてよ……でもって、旦那はずっと屋敷にいて、犯人探しの手伝いまでしてんだ……」

「まさか……」

「お、おまえの所に来たのは……ゆ、幽霊だ……ああ、そうに違いねえ」

「そんなバカな」

「そ、そいつは……水をガブガブ飲まなかったかい？」

「ああ、喉が渇いたからって、女だてらに、俺の丼で一気に呷ったなあ」

「や、やっぱりだ！　死んだらよく喉が渇くっていうじゃないか。だから、お墓にもよく水をかけてやる……そいつは幽霊だ。だから、おまえは痩せたんだ……精気を吸い取られてるんじゃねえか……ひゃあ、くわばらくわばら……！」

と唱えながら、熊蔵は部屋に逃げ帰った。

「雷じゃねえんだからよ……」

「でも、伸太さん……私もその話は寅右衛門の旦那から聞いた……もう会っちゃならない。いいね」

　おつねが念を押すと、伸太はまだ納得できない顔で、

「だって、毎日、好物のおはぎを持ってきてくれるし、一両小判まで……」

「そのおはぎは何処にあるのさ」

「もう食っちまったよ。今日くれたのも」

「本当かい？　で、一両ってのは」

　伸太は部屋に戻って、隠し置いていた神棚を見ると、小判がない。

「あれ、たしかにここに……」

　俄に不安になる伸太に、おつねは断言した。

「ほれ、みなさい……来たのは幽霊なんだよ……そうだ。浅草寺で祈禱して貰って、お札を張っておこう。二度と、あんたに近づけないようにさ……」

「……」

「そもそも考えてみなよ。おかしな話じゃないか、助けてくれた御礼だからって、毎晩、訪ねてくるなんてさあ……恐い恐い」

　肩を竦めて、おつねも逃げるように立ち去ると、俄に伸太も震え出した。

五

岡っ引の平七からも同じようなことを聞いて、仲太は背筋が凍った。

次の夜は、おつねが祈禱師から貰ってきた御札を、長屋の木戸口も含めて、表戸、裏戸、天井板や床板、小さな節穴なども含めて、霊気が入って来そうなところを塞ぐように張り付けた。

「仲太さん……お露とお米が訪ねてきたら、そりゃ幽霊だから、どんなことがあっても、明け方、日が昇るまで絶対に戸を開けちゃならない。いいね」

「――分かった……」

「でないと本当に、おまえさん、どうにかなっちまうよ。見てご覧よ、この顔を」

おつねが差し出した手鏡を、仲太はまじまじと見た。たしかに、目がくぼんで、顔色も青ざめている。

「それにしても、なんで俺なんかに……」

仲太は不思議に思った。祈禱師の話では、幽霊に親切にするとついてくるのだと、おつねは言った。そもそも、浅草の通りで助けたときのふたりは、その時、もう幽霊だったのかもしれないという。

「じょ、冗談じゃねえぜ……今考えれば、なんとも妙に馴れ馴れしいくせに、あのお姫様も声が細くて、目の置き所も変で奇妙だった……ああ。祟られたくねえよ、勘弁してくれえ」

その夜、仲太は寝てしまった方がいいと、酒をたらふく飲んで、眠ってしまった。

空きっ腹に飲んだから、コテンと床に倒れた——はずだが、ガタガタと激しく揺れる障子窓の音で目が覚めた。雨戸も閉めて、部屋の中は真っ暗だ。表戸の障子から、かすかに月明かりが射し込んでいるだけだ。

風は次第に強くなってきて、獣が鳴くような音になった。

「なんだよ、こんなときに……目が覚めちまったじゃねえか……」

横になったまま、仲太は瞼に力を込めて瞳を閉じたが、風が雨戸にぶつかる音が耳元で響いていた。

「南無阿弥陀仏、南無阿弥陀仏……どうか、誰も来ませんように」

と唱えた途端、ドンドンと表戸が叩かれた。

——ひっ。

首を竦めた仲太は布団を被った。

「仲太様……御礼に参りました。どうぞ、ここを開けて下さいまし」

お米の声だった。

知るもんかとばかりに、仲太は布団に潜ったまま体を丸めた。もっとも、丸めようにも足の添え木が邪魔になって、仰向けに倒れた虫のようにジタバタしていた。

「……仲太様はご在宅ではないのでしょうか、仲太様……お露様も一緒に参っております。どうか、一目だけでも会って下さい。御礼に参りました」

聞けば聞くほど、幽霊の声のように思えてきた。冷ややかで不気味な感じで、昨夜までのふたりの姿も、たしかに生きている人間にしては動きが妙だった気がする。

——そもそも夜にしか来ないってのもオカシナ話だ……絶対に開けるもんかッ。

仲太は全身が震えてきたが、嵐が過ぎるように、朝まで待つしかなかった。両耳も手で塞いだ。にもかかわらず、不思議なことに、声がすぐ近くで聞こえる気がする。

「仲太様……今日はどうして開けて下さらないのです……お願いでございます。どうか、この戸を開けて下さいまし……」

今度は、お露の声がした。悲しげな切なさが募るような響きに、仲太は頭がおかしくなりそうだった。

「こんなに頼んでもダメなのですね……ひゃあ、なんですか、この御札は……仲太様、これは、あんまりだ……恨みますよ……あまりの仕打ち……恨みますよ、仲太様……ああ、仲太様」

「――か、か、勘弁してくれよ……」

布団を被って、耳を塞ぎ続けていた仲太は、絶対に明け方まで我慢すると心に誓い、真っ暗な中で息を潜めていた。

それでも時々、風が雨戸に吹きつける音に、お露たちが表戸を叩く音が重なる。

震えながらも耐えていると、しだいに布団を外すのも恐くなってきた。取った途端、目の前に、ふたりが並んで座っているのではないか。覗き込んでいるのではないかなどと考えていると、冷たいものが背筋を走るのだ。

「考えるな、考えるな。ええと……好きな歌でも、歌ってよう。おお、そうだ。道中伊勢音頭でも楽しく歌おう……アーアー　ヨオーイ　ナアーア　伊勢にゅー

きーたーあい　伊勢路ーが　みーたーい　アーヨーイセー　ソーコーセー　せめーてなーあ　一生にー　ヨーオイオーオレェ……」

ぶつぶつ歌っているうちに眠気がきて、残っている酒のせいもあって、少しばかり眠気が出てきた。伸太を呼ぶ声も遠ざかっていくような気がする。

次に目が覚めたときには、風の音もなくなっていた。

布団から顔を出すと、伸太が目にしたものは、しだいに橙色に染まる障子窓だった。眩しいくらいに明るくなってきた。

「あ、朝だ……ようやく朝になったんだ……ああ、よかった。これで助かった……」

伸太は心底、安堵して、疲れ切った体を持ち上げるように立ち、土間に降りて心張り棒を外して、表戸を思い切り開けた。

だが、外はまだ夜だった。

朝日だと思ったのは、提灯あかりだったのである。

「あっ——?!」

と思った次の瞬間、軒の上から、だらり……と長い髪を振り乱した女の顔が、突然に現れた。

前髪の間から、恨めしそうな目が睨んでおり、口元は不気味に歪んでいる。

「う、うわあ！　で、出たあ！　うわあああ！」

絶叫して、伸太はその場にストンと頽《くずお》れ、気を失ってしまった。

「――ちょっと、伸太さん。しっかりしなさいよ、伸太さん！」

提灯を突き出していたのは、おつねであった。しかも髪がほつれて、強い風に靡《なび》いている。

「なによ……肝心の御札が、風ではがれかかってるから、張っつけ直してやってただけなのにさあ。まったく、もう」

六

同じ夜のことである。寝静まった大河原主膳の屋敷でも異変が起きていた。

大河原の枕元に、廊下から忍び込んできた人影が、足音もなく近づいてきた。背中を向けている大河原は鼾《いびき》をかいており、まったく気づかない様子だった。

人影はすでに握りしめていた匕首《あいくち》を、その首根っこにあてがった。力を込めたものの、ほんの少したためらったように、手が止まった。ひと思いに喉元を切ろう

としたが、

「——ダメだ……できない……」

と人影は喉の奥で呟いた。

すると、背中を向けていた大河原が、

「刺してもよいぞ。儂はおまえに殺されるならば、本望である」

「?!……」

身を引いたのは——誰あろう、千吉であった。

驚愕のあまり凍りついた千吉は、持っていた匕首を足下に落としてしまった。

慌てて拾い上げたが、今度は滑って転んでしまい、その腕を大河原に摑まれた。

「遠慮することはない。さあ、刺せ……」

意外に強い腕の力に、千吉は逃げようとする気持ちさえ失せた。が、

——おや?

という顔になって、暗がりの中をさぐるように見つめると、目の前にいるのは大河原ではなく、寅右衛門であった。

「あっ……あなたは……!」

「影武者は慣れておるのでな。大河原様の身代わりとして、寝床で待っておっ

た」

「……」

「だが、おまえには殺意などなかった」

「と、寅右衛門様……」

「誰かに殿を殺せと命じられたのであろう？……身共はむろん、察しはついておるがな」

　本当のことを話しなさいと、寅右衛門が正視すると、千吉は愕然としてその場に座り込み、申し訳なさそうに項垂れた。

「取り返しのつかないことを、するところでした……」

「おまえの父親は、十年ほど前、大河原様とその家来たちに、なぶり殺しにされたそうだな……殿からはそう聞いておる」

「――はい……深い事情は知りませんが、後で親戚の者たちから聞いた話によると、父は、その頃、勘定奉行だった大河原様に、直談判するつもりだったそうです」

「直談判……？」

「父は上州の桐生代官所手代で、相馬《そうま》文兵衛《ぶんべえ》という者ですが、代官の原田《はらだ》玄之助《げんのすけ》が不正に年貢米を抜き取っているのを、報《しら》せようとしたのです。ところが……」

千吉は口を一文字に結んで、握り拳を膝の前に置いた。

「大河原様は話を聞いてくれるどころか、無礼者と罵り、いきなり斬りかかってきました。武士は上役を飛び越えて直訴することは御法度だということは重々、承知していたと思いますが、代官所手代は中間に毛が生えたようなものです。それに、直訴の他に手立てはなかったのです」

「にも拘《かか》わらず、父上は願いが叶うどころか、返り討ちに遭った……というのだな」

「はい。ですから私は、ずっと大河原様を恨み続けておりました。その後、何年かしてから、父が暴こうとした代官の不行跡が明るみに出て、大河原様は、その不始末の責めを自ら負い、勘定奉行を退いたと聞きました」

「さよう……その話を聞いて、身共も驚いておった」

大河原の所行が事実かどうかは定かではない。だが、寅右衛門は同情の目で見つめた。父親の仇討ちを決心した千吉の気持ちが、分からないでもないからだ。

「私が中間として、この屋敷に入り込んだのは、もう二年近く前になります。勘定奉行を辞めようがどうしようが、父の恨みを晴らさないではおけなかったからです」

「その機は、今までなかったのか？」

「いいえ……我が身を捨てれば、仕留められる隙は何度かありました。ですが……」

「……」

「できませんでした……」

千吉はぐったり疲れたように項垂れた。

「しばらく、殿に仕えているうちに、とてもなぶり殺しをするような人には見えなくなったのです。ご家来の方々はもちろん、私たち中間や小者から、奥向きの女中にまで、細やかな配慮をして下さる御仁だと分かったからです」

「身共もそう思う」

「なのに、どうして、父はなぶり殺しにされたのか……私なりに調べてみました。すると……不正をしていた代官の原田玄之助と組んで、年貢米の割合を上げた上に、それを横流しして儲けていたのは……」

と千吉が言いかけたとき、サッと襖が開いて、和泉と家来数人が乗り込んできた。

和泉の形相は鬼夜叉のように怒りが噴き出しており、問答無用に斬りかかってくる様相を呈していた。

「千吉！　貴様、殿の寝所に入って、何をしておる！」

「い、和泉様……」

何か言おうとする千吉に、和泉は怒声を浴びせかけた。

「この無礼者めが！」

気合いとともに抜刀し、千吉の首を刎《は》ねようとしたが、寅右衛門が脇差で素早く受け止め、弾き返した。

「与多！　何故ここに?!」

「殿の身代わりとして、身共がここに寝ていたとは、おぬしも知らなんだか」

「……」

すっと立ち上がった寅右衛門は、家来たちを堂々と見廻しながら、

「十年前、千吉の父親をなぶり殺しにしたのは、他でもない。そこな和泉だ」

家来たちは驚愕したが、和泉だけは微動だにせず、睨み返した。

「代官の原田と組んで不正を働いていたのは、和泉、おまえであろう」

「なんだと……？」

「その不正がバレては困るので、直訴に及んだ千吉の父、相馬文兵衛を、〝殿に斬りかかろうとした賊ということにして〟和泉が斬り殺した……実は、その折、大河原様は刀を抜いておらぬ。だが、家来たちがしたことゆえ、自分が命じたのも同然とあえて責めを負ったのだ」

「……」

「それ故、当時の家来には暇を出した……だが、和泉……まさか、おまえが代官をそそのかして不正をしていたとは知らぬ大河原様は、引き続き用人として仕えさせていた。まさに不明であったと、殿は嘆いておるぞ」

「——何を証拠にそのような……」

「実はな……」

寅右衛門はズイと前に出て、

「おまえと原田代官の関わりを示す文《ふみ》や帳簿はもう、ご公儀に届けておる」

「なんだと……！」

「むろん、殿は腹を斬る覚悟だ」

「知らぬ。そのようなこと、儂は知らぬッ。斬れ、斬れ。斬ってしまえ！」

和泉は命じたが、家来たちは誰も動こうとはしなかった。寅右衛門はさらに、

一歩前に詰め寄って、

「しかも、おぬしは千吉に殿を殺せと唆《そそのか》し、ならず者をけしかけ、お露様を亡き者にして、御家断絶を企てた。断じて、許せぬ所行じゃのう」

と、まるで殿様が乗り移ったかのように糾弾した。

「御家がなくなれば、おぬしが大河原家を継ぐ算段までしておったようだな。先代当主とは形式とはいえ、養子縁組を整えておったのも、深慮遠謀があったからであろう」

「……ええい。つまらぬことをグダグダと喋りおって。くらえッ」

目にも止まらぬ速さで、和泉は寅右衛門に斬りかかった。が、次の瞬間、和泉はその場に倒れていた。鳩尾を打たれた上に、髷を切り落とされていた。

その凄腕に、家来たちは息を呑んで、突っ立っていただけであった。

千吉も何事が起こったのかと、呆然と佇んでいた。

和泉の十年以上前に遡る不正が表沙汰になり、切腹をさせられたのは語るまでもない。だが、大河原もまた、

――これ以上、旗本の身でいるのは憚《はばか》られる。

と潔く身を引こうとしたが、幕閣たちの温情により御家は残された。そして、ひとり娘のお露と千吉が祝言を挙げ、大河原の跡取りとして、引き立てられたのである。

それがせめてもの、千吉の父親に対する、大河原の罪滅ぼしであった。

「――おいおい。お露様は生きてたんじゃねえかよ。どういうことだよ」

伸太は、おつねや熊蔵を捕まえて、ぶつくさ文句を言っていた。ほかの長屋の連中も、顔を出していたが、余計な揉め事には関わりたくないとばかりに、さっさと仕事に出かけていった。

「なあ、おつねさんよ。幽霊だって言ったのは、あんただぜ。どういうこったい」

「寅右衛門の旦那の話だと、切腹させられた用人様だっけ、そいつがお露様の命を狙ってるから、もう死んだことにして、別邸に匿ってたんだってさ」

「そんなバカな……」

「本当だから仕方がないじゃないか」

「けど、どうして、夜中に、わざわざ俺んちに来てたんだよ」

それが分からないと、伸太は言った。しかも、自分に気がある様子だったのに、さっさと千吉と一緒になったのが、どうにも納得できないというのだ。

「だから、それは……お露様は無類の茶碗好きで、おまえさんの丼が天下の逸品に見えてさ、毎晩、気になって、こっそり訪ねてきてたんだってよ」

「はあ……？」

「屋敷に持ち帰りたかったんだけど、遠慮深い人だから、はっきり言えなかったんだって」

「だって、俺と床入りとか結納の儀式とかよ……」

「誰もそんなこと言ってないでしょ、床入れ、……れ、だよ。それは骨董などを床の間に飾ることで、結納なんて言ってないでしょ。納めの儀式じゃないの、新たな茶碗なんかを使う際のさ……」

「で、でたらめを言うなよ……」

「この際、あのオンボロ丼、ご祝儀であげちゃえば？」

「じょ、冗談じゃねえや。よほどの凄いもんだから、絶対に渡さない……あっ。もしかして、あの一両、丼の代金のつもりだったのかなあ……まてよ、てことは現実だから、一両はあるはずだ。なのに、なんで、ねえんだ……」

急にそわそわし始めた伸太に、おつねは小判を一枚、見せた。

「さっき上げた布団の下に落ちてたよ。これは預かっとく。あんた、随分と店賃がたまってるからさ。前払いの分も入れてさ」

後ろ足で蹴るように逃げ出すおつねを、

「ちょ、ちょっと待てよ……！」

と仲太が追いかけていく。

騒々しい長屋の木戸口から、子犬のように絡み合うふたりを、寅右衛門は笑いながら見ていた。その姿に気づいて、

「あれ、寅の旦那。仕官は？」

「辞めた。どうも窮屈でならぬ。せっかく長年の殿様暮らしから解き放たれたのだから、まだしばらく、ここがよい」

飄々と言いながら、部屋に戻る寅右衛門を、おつねと仲太は、

――物好きだねえ……。

と一両小判のことは忘れて、お互い首を傾げていた。

木枯らしがきつくなったが、物売りの声があちこちでしている。そろそろ冬支度をしなければいけない時節であろう。町人たちは忙しげに往来していた。

第三話　しじみの神様

一

もうすぐ日が暮れるというのに、今にも雪が降り出しそうな寒空の下、子供の声が聞こえてきた。

「しじみイ、しじみイ。しじみはいらんかねえ。酒飲みには体にいいよう。しじみイ、しじみはいらんかねえ」

一日の仕事を終え、駒形町の外れにある小さな居酒屋で、一杯やっていた廻り髪結の源次は、その声に外を見た。まだ十歳くらいの男の子が、たっぷり蜆《しじみ》が入った籠を天秤棒で担いで歩いてきた。

「しじみはいらんかいね」

遠慮がちに店の中を覗いた男の子の声は、少し嗄《しやが》れている。鼻水もガビガビに固まって、小さな目を見開いて、

「いらんかいね。体にいいよう」

と続けた。

一日中、歩き廻って疲れているのだろうか、それとも寒さのせいなのか、小さな膝が震えている。居酒屋から流れ出る湯気の温もりで暖を取るように、店内を眺めていた。

すると店の主人が厨房の格子窓から、外を見ながら、

「坊主。蜆はもういらねえよ。朝も買ってやっただろ」

と犬でも追っ払うように冷たく言った。

すると源次は立ち上がり、暖簾越しに手招きをした。男の子が店の中に入ると、淋しそうな目で、酒を飲んでいる男たちを見廻した。

「名はなんというんだ」

源次が訊くと、すぐに男の子は答えた。

「ごうちち、だ」

「なに、ごうちち……？」

「こうきち、だよ。幸いに吉だ」

鼻が詰まって発音ができなかったようだ。

「そうかい、いい名だな。この蜆、俺が買ってやるから、ぜんぶ置いてきな」

「ほ、本当かい?」

「ああ」

幸吉は嬉しそうに天秤棒を下ろすと、店から大皿を借りて、それにせっせと移した。その手際よさは、子供ながら長年、やっている様子だった。

「——知らないぜ、源次さん……情けをかけるのはいいけどよ」

主人の春平《しゅんぺい》は狸腹を揺らしながら、渋い顔で見下ろしていた。

蜆をぜんぶ移し終えた幸吉に、源次は財布から一両小判を二枚出して、そっと握らせた。そして、じっと見つめて、

「冷てえ手だなあ」

と、しみじみ言った。

「父ちゃんと母ちゃんはいるのかい……」

「おっ母さんはいるけど、お父っつぁんは何処かへ行ったまま帰って来ねえ」

「そりゃ可哀想だな」

「別に。顔も覚えてねえし。姉ちゃんもいるから淋しくねえ」

「そうかい。だったら幸せだな。ほれ、これで、親子してたらふく飯を食って、今日くれえ、ゆっくりと休みな。腹が鳴ってるじゃねえか。遠慮するな」

「で、でも……」

　幸吉は小判を握りしめて凝視しながら、

「これ、本物かい？」

「人聞きの悪いことを言うなよ。ちゃんとした金だ。さあ、母ちゃんに見せてやんな。蜆はぜんぶ、売り切ったってよ」

「ありがとう！　ありがとう！」

　素直に喜んだ幸吉は、籠と天秤を忘れて飛び出したが、すぐにバツが悪そうに戻って、抱え上げると駆け去った。

　源次が走っていく子供の姿を見ているると、

「いいのかい源次さん……二両なんて大金、あんまりじゃねえか」

「気にするねえ。どうせ賭場で勝ったあぶく銭だ。あぶく銭は世のため人のためにこそ、役立てるもんだ」

「ふん。何を気取ってるんだい。この女たらしがよ」

廻り髪結は大概、芸者衆など水商売の女の所を廻り、時には出合茶屋で寝乱れた武家の女や娼婦などの髪も直しに出かける。いわば人に知られてはまずい秘密も一緒に結っているわけで、人一倍、口は固かった。

春平は好きにしろとばかりに、呆れ返って、

「でも、こんなに蜆はいらねえからな。腐っちまわあ」

「そうかい。だったら……」

と源次は大皿を抱えて店を出て、目の前に流れている隅田川にバッと投げ捨てた。

「――お、おい。なんて、ことを！」

さらに呆れ顔になる春平に、源次は笑いながら、

「またさっきの小僧が拾って、売り歩けるってもんだアな。さあ、おやじ。寒くなってきやがったから、もう一本、つけてくれ」

と両肩を抱え込むようにして、店に戻るのであった。

蜆がぜんぶ売れたと、幸吉は浮かれていたが、見知らぬ人から大金を貰ったことで、母親・お嶋《しま》は叱りつけていた。小肥りだが、若い頃は綺麗だったかもしれ

ない。

「そのお金は私が返してきます。何処の誰に頂いたのですか」

「誰って……そんなことといいじゃないか。籠の蜆をぜんぶ買ってくれたんだ。貰ったんじゃねえやい」

「ダメです。すべて売れたとしても、一升十文だからね、せいぜい五十文程でしょう。あまりにも高すぎます」

一両は四千文、二両で八千文だから、莫大な金額である。一両あれば、家族四人が一月暮らせるという。常識外れであることに間違いはない。お嶋の怒りと心配は当然だった。

「さあ、誰に貰ったんです。言いなさい」

きつく言うお嶋は力尽くでも、幸吉から小判を取り上げようとした。だが、幸吉は珍しく逆らって、家から飛び出していった。

家といっても、何処にでもある長屋の一室だ。花川戸から白鬚の渡しの方へ上った所にあるのだが、目の前では白魚漁もしており、川魚や蜆などは豊富に取れた。その河原の方に向かって、幸吉は逃げ去った。

「これ、幸吉！　帰ってきなさい、幸吉！」

お嶋は追いかけようとしたが、十二になる男の子の素早さには敵わなかった。部屋の奥では、青白い顔をした娘のお葉《よう》が縫い物の手を止めて、

「おっ母さん。そのうち帰ってくるわよ。あの子、後で分かったって返しに行くと思うよ」

と庇《かば》うように言った。

あまり日に当たっていないのか、お葉の顔は青白く、少し咳き込むこともあった。十六、七であろうか。箸が転がるだけでも笑う年頃なのに、どこか暗い表情だった。だが、その憂いのある表情が、顔だちとあいまって、一際美しく見える。

「そうは言ってもねえ、お葉……人は分に応じた暮らしをしなきゃいけないように、物にも相場というものがあるんだ」

「分かってます。踏み外すと、お父っつぁんみたいになる。耳に胼胝《たこ》ができるくらい聞きましたよ」

「何か悪い了見を起こすんじゃないか。私はそれが心配なんだよ」

「だから気にしすぎだって。必ず最後は、おっ母さんの言うことを聞くから。小さい頃から、暗いうちに家を出て、自分じゃ抱えきれないくらいの蜆を拾ってきてさ。時々、鮑や蛤《はまぐり》なんかも混じってるときは、浮き浮きと喜んじゃってさ」

「だから、たまには神様がご褒美をくれたんじゃないかな」

「お葉……あんたまでが、そんな……」

そう言いながらも、お嶋は娘の体を気遣って、内職も無理をしないようにと言った。だが、お葉は生まれつき気性が強いのか、

「大丈夫だよ、おっ母さん。自分の薬代の足しにしたいからさ。いつまでもおっ母さんと幸吉におんぶに抱っこじゃ……」

「よしなさい。私たちは親子じゃないか。余計な気遣いは無用ですよ」

「でも……」

「でもヘチマもありません。私だって働いているんだから、三人の食い扶持《ぶち》くらい、なんとかなります」

お嶋もキッパリと、娘に無用な心配をしないよう言い含めた。だが、お葉は返事をする代わりに咳き込んだ。

「ほら、だから休まないと……」

労って背中をさすっていると、「ごめんなさいよ」と声があって、恰幅の良い商人が表に立った。戸の外で、煙管をポンと叩いて、灰を溝《どぶ》に落としてから、入

ってきた。

「これは、旦那様……」

お嶋が通いで女中をしている奉公先の主人である。浅草広小路にある『佐渡屋』という廻船問屋の喜兵衛《きへえ》である。

廻船問屋とはいっても、自前の大船があるのではなく、船主から借りており、諸国の特産や海産物を買ったり、江戸からは家具や陶器などを送ったりしていた。主な儲けは、江戸市中に張り巡らされている掘割を使う、荷船の元締めで得ていた。

「お嶋さんよ……えらいことをしてくれたな、ええ？」

いきなり問い詰める口調に、お嶋は何のことだか分からず、首を傾げるだけだった。

「おまえさんに預けて、取引先に届けて貰った十五両。あれは、どうした？」

「はあ？　ちゃんと『豊後屋』さんに届けましたが……」

日本橋蛎殻町《かきがらちょう》の唐物問屋である。

「それが先方は受け取ってないと……主人直々に言ってきてねえ」

「何かの間違いです。私はたしかに……」

不安になると同時に、何か嫌な感じを察したお嶋は、毅然とした態度で、

「受取証を貰おうとしたら、後から番頭さんが届けるというので、私はそのことを旦那様にも伝えたはずです」

「だけど、先方はそう言ってる。取引先にそう言われたら疑うわけにはいかない」

「そ、そんな……」

困惑よりも怒りが沸いてきたお嶋の表情を見て取って、喜兵衛はまあまあと宥《なだ》め、

「でも、決着は付けなきゃいけないんでね。そこで、相談なんだが……お葉ちゃんも年頃になって、昔のおまえさんにソックリで、なかなかの器量よしだ」

とチラリといやらしい視線を、お葉に投げかけた。

「なあ、お嶋さん……せめて『豊後屋』さんの言い分だけでも、聞いてくれないか。くれぐれも頼んだよ」

「……」

「分かったね。でないと、私の顔も潰されるし、そうなると、おまえさんを雇い続けることも難しくなるんでね」

半ば強引に詰め寄る喜兵衛の顔を、唇を噛みながら、お嶋は見つめ返した。

お葉も得体の知れない不安を、隠しきれずにいた。

そこに、幸吉が舞い戻ってきて、部屋に飛び込んだ途端、喜兵衛の背中にぶつかった。その弾みで手から小判を落とした。

——チャリン。

見事なほど綺麗な澄んだ音がした。

振り返って見た喜兵衛の目が、俄に鋭くなって、

「へえ……やっぱりねえ……そういうことでしたか、お嶋さん……そんな人ではないと思ってましたがねえ」

「ち、違うんです……それは……」

狼狽するお嶋を、喜兵衛は険しく睨みつけるのだった。

二

木枯らしが吹く中、駒形そこつ長屋を、お嶋が訪ねてきたのは、その翌日の夕暮れのことである。

折しも、寅右衛門と仲太が湯屋から帰って来たばかりで、部屋で軽く一杯やっているときだった。一日の疲れが吹っ飛ぶ至福のひとときである。が、端《はた》から見れば、ろくに働いていない〝極楽とんぼ〟のふたりにしか映らなかった。

「この長屋に、源次さんという廻り髪結の方はいらっしゃいますか」

申し訳なさそうに挨拶をするお嶋に、銚子を傾けながら、仲太が答えた。

「ああ、源次なら、いつになるか分からねえなあ。女の髪を触りながら体もいじるから、お泊まりも多いしね」

「……」

「嘘じゃないよ。なんなら、心当たりの三つ四つ、教えてやろうか」

からかうように言う仲太を制して、寅右衛門が代わりに聞くと前に出た。すると、その品のある顔だちと物腰に惹かれたのか、お嶋は素直に話した。

「実は、昨日のことなのですが……」

とお嶋が二両を出した途端、寅右衛門はすべて承知していると頷いた。子供から蜆を買ってやったことを、本人から聞いていたのだ。いいことをしたと、源次も喜んでいたと伝えると、お嶋は困惑した顔で、

「困るのです……このような大金は、あまりにも常識外れですので、お返しに参

りました。それに……この小判のお陰で、とんでもない誤解をされてしまったのです」

と言った。買掛金を横取りしたと疑われていることを伝えて、

「ですので、このお金のことを、源次さんから先様に話して頂きたいのです。でないと私は、奉公先を辞めさせられ、娘も大変なことになってしまいます」

「大変なこととは？」

「それは……」

他人に言うのは憚られると、お嶋はためらったが、今度は伸太が言った。

「この殿様は、お節介焼きだから、なんだって相談に乗る。困ったことがあるなら、ドンと任せなせえ」

「殿様……？」

「で、この俺は一の家来ってとこかな」

お嶋は余計に戸惑った顔になったが、この際、すべて話しておこうと、小判を返しながら事情を伝えた。

「――娘のお葉は、生まれつき体が弱く、薬代もばかにならないのが実情です。だから、息子の幸吉は小さい頃から蜆売りをしてました。ええ、父親はいないも

ので……」

　複雑な事情がありそうだが、寅右衛門と伸太は黙って聞いていた。

「ですから、幸吉が源次さんから頂いたお金は、喉から手が出るほど欲しいのが本音です。でも、それは絶対にできません」

「……」

「そんなうちの事情を知ってるのでしょう。奉公先である廻船問屋『佐渡屋』の主人が、取引相手の言いなりになって、私の娘を〝囲い女《め》〟にしたいと半ば強引に連れて行こうとしているのです」

　十五両の売掛金を盗んだのは見逃すから、娘を寄越せと言われていると、お嶋は丁寧に説明をした。

「とんでもねえな。そいつは誰でえ」

　伸太の問いかけに、お嶋は答えた。

「日本橋蛎殻町の『豊後屋』の主人、庄左衛門《しょうざえもん》さんでございます。でも、本当に私はお金を渡したんです」

「ふうん。渡したのに貰ってないと……で、人の足下を見る。もっとも商人てなあ、そういう類が多いけどよ。浅草広小路の『佐渡屋』の主人なら、俺もちょいと知ってるから、話をつけてやらあ」

「あ、いえ。ややこしいのは困るんです」

お嶋は慌てて断った。

「ただ、このお金の出所さえ分かったら、『佐渡屋』さんにはキチンと断れる。私の疑いも晴れると思いまして。だから……」

「源次に金を返した上で、この金のことを話して貰いたいと言うのだな？」

今度は、寅右衛門が訊き返した。

「はい……」

「分かった。事情は先方に伝えるべく、身共も力になろう」

「ありがとうございます」

安堵したようにお嶋が頭を下げるのに、寅右衛門は言った。

「だが、源次も一度、渡したものを素直に返して貰う性分ではあるまい。たしかに、常識外れの額かもしれぬが、所詮はあぶく銭。それを役立てて貰いたいとの思いで、渡したのだと思うぞ」

「いえ、でも……」

「幸吉と申す子供が、寒い中、日がな一日働いているのを、同じように町中を歩いて仕事をしている源次は、感心して見ていたというぞ。ましてや、病がちな娘がおるのならば、遠慮は無用じゃ」

「そうは参りません」

意地を張るのとは違い、何か確たる信念があるように、お嶋は言った。

「実はその昔……まだ子供らが幼い頃ですが……天から降ってきたように、十両ものお金が、うちのお店《みせ》の上がり框に置かれていたことがありました……」

「店をやっておったのか」

「はい。小さな小間物屋ですが……で、そのお金の包み紙には、『猫目《ねこめ》小僧推参』と書かれていました。どうやら、噂の義賊、猫目小僧のようでした」

「うむ。それで？」

「亭主はそのお金を暮らし向きや店のことに使うどころか、博奕に使ってしまいました。ところが、運良くというか悪くというか、三十両、五十両と増えてしまいました……そのお陰で商いには身が入らなくなり、博奕三昧……結局、逆に借金ができて、何処かに姿を消してしまいました」

しだいに苦痛の表情になってきたお嶋を見ていて、寅右衛門は気の毒になってきた。伸太も同じ気持ちではあったが、

「――同情はするが、よくある話だ。けど、だからこそ、あんたは人様からの余計な施しを受けたくないんだな」

と言った。

「たしかに、源次が渡した金もあぶく銭かもしれねえが、金は金だ。おまえさんが博奕に使うわけでもあるめえし、余計な遠慮だと思うぜ。それに、金がなけりゃ、結局、『豊後屋』の言いなりになるしかないじゃねえか。とにかく、その金をやっぱり預かるわけには……」

いかないと伸太が言いかけたとき、表で人の気配がした。すっかり日が落ちている暗がりに立っていたのは、源次だった。

「なんでえ、源次か……いつから、そこにいるんだよ」

伸太が声をかけると、源次は何となくバツが悪そうに、

「ええ、ああ、まあ……」

と曖昧な返事をして、お嶋の顔を見つめた。

「――あなたが源次さんですか……」

「立ち聞きは悪いと思ったけどよ、何となく話に入り辛くて」

源次はそう言ったが、頑としてお嶋が金を返すと主張したので、受け取らざる

を得なかった。そして源次は、明日にでも必ず奉公先の『佐渡屋』に出向いて説明し、『豊後屋』にも話をすると約束した。

お嶋は得心し、ほっとしたように深々と頭を下げて帰った。

それから、源次も混じって、しばらく酒を酌み交わしたが、元より寅右衛門は飲んべえではないので、伸太が眠るのを見計らって部屋に帰った。すると、

「旦那……ちょいと話が……」

と源次がついてきて、神妙な顔つきで、声をひそめて話し始めた。

「寅右衛門の旦那だからお話しします……さっき、お嶋という女が言っていた……猫目小僧ってなあ、俺なんです」

「なんと……?!」

「シッ。静かにお願いしやす……もちろん、今はそんなことはしてやせん。廻り髪結ってのも、元々は色々な家を物色するため。武家屋敷や商家に入るには便利な仕事でしたしね」

「……」

「でも、あの小間物屋がそんなことになってるとは思ってなかった……恵んだ金で、余計な不幸を生んでしまったようだ」

「そのようだな」

「俺が恵んだりしなけりゃ、商売だって上手くいってたかもしれないし、子供らが苦労することもなかった……いい気分に浸ってたのは俺だけで、とんでもねえ、取り返しのつかねえことをやったのかもしれねえ」

源次はガックリと項垂れると、誰に謝るともなく、

「すまねえ、すまねえ」

と繰り返しながら、いつまでも寅右衛門の前で頭を下げ続けていた。

三

約束どおり、源次は寅右衛門と『佐渡屋』を訪ねて、幸吉に渡した二両の小判の経緯《いきさつ》を話した。

この大店の奥方は顔見知りでもあるから、すんなりと納得してくれると思ったが、喜兵衛は意外なことを言った。

「だからって、横取りしてないとは言えないでしょう。金に目印がついてるわけじゃありませんしねえ」

と、嫌味な顔になった喜兵衛に、源次は少し気色ばんで詰め寄った。

「『佐渡屋』さん。そんな言い草はねえでしょ。自分の店の奉公人じゃないですか。信じてやれねえんですかい」

「私は信じたいですがねえ、先方が受け取ってないと言ってるのですから、商人としては、取引先を立てるしかないんですよ」

「だからって、女衒《ぜげん》の真似事までしていいんですかい」

「女衒……」

喜兵衛は腹が立ったのか、キッと目尻を吊り上げ、後ろにいる寅右衛門にも一瞬、目を向けてから、

「源次さん。言っていいことと悪いことがあるんじゃありませんか？　女郎にしようってんじゃない。ちゃんと縁を結んで、面倒をみようってんですよ。そもそも、お葉ちゃん……あの娘は体が弱い。薬代もかなりかかる。『豊後屋』さんに囲われれば、楽ができるってもんだ」

「……」

「お嶋も息子の幸吉も暮らしが良くなるんだ。おまえさんのような人が、二両ばかり払って慰める必要もなくなるんだ」

しだいに強い語気を帯びてきて、喜兵衛は、これ以上、何を話しても無駄だと追い返そうとした。しつこくしていると、髪結として出入りするのも禁止すると言ってのけた。

「そうですか。こっちから、お断りします。でもね、『佐渡屋』さん……もし、『豊後屋』さんが嘘をついてたら、俺は承知しやせんからね。あんたにも謝って貰いますよ」

睨みつけてから、「旦那、行きますぜ」と寅右衛門を促して、源次は踵を返した。

「——何を偉そうに……」

という声が聞こえたが、素知らぬ顔で源次は立ち去った。

その足で、蛎殻町の『豊後屋』に来た源次は、主人の庄左衛門を呼び出して、開口一番、物凄い形相で怒鳴りつけた。

「お葉を、てめえになんざ、やらねえぞ」

源次の背後に立っている寅右衛門のことは、用心棒とでも思ったのだろうか、庄左衛門は平然とした顔で見ていた。長年、商売をしていると訳の分からない言いがかりをつけてくる輩を、山ほど見てきたのであろう。ズシンと肝の据わったような面構えだ。

　むろん、源次の方も幾多の修羅場をくぐってきたから、目の前の庄左衛門が如何に曲者かということも、すぐに察した。

「百歩譲って、旦那がお嶋さんから金を受け取ってないとしてだ。それなら、『佐渡屋』の主人と話をつけるのが筋だ。なのに、使いを頼まれた女の娘を寄越せってなあ、腹の中を勘繰られてもしょうがねえぜ」

「黙りなさい。おまえさんこそ、お嶋さんの何なんです」

「なんでもねえや。だがよ、袖すり合うも多生の縁ってなあ、息子の幸吉とはちょいとあって、人助けと洒落込んでるんだ」

「物好きだねえ……あんな親子のために、何をそんなにシャカリキになって……あんたの方が後悔しますよ」

　庄左衛門が侮蔑したような笑みを浮かべた。まるで、裏に何かあるような言い草である。

　源次は少し気になったが、強く詰め寄った。

「さあ。本当のことを言いねえ、旦那さんよ。十五両の金、受け取ったんだろ？」

「いいえ、貰ってません」

「嘘をつくなッ」

「では、受取証を持ってるんですか」

「おまえが後で届けるって言ったそうじゃねえかッ」

「──困りましたねえ……」

やはり小馬鹿にしたような顔つきで、庄左衛門はチラリと奥に目配せをした。

すると、用心棒なのであろう。浪人がふたり出てきた。目つきのするどいのと、月代《さかやき》あたりに刀傷があるのの二人、見るからに悪そうな奴らだ。

「庄左衛門さんよ、あんたの悪い噂は耳にしてる。こういうこともあろうかと、こっちにも……」

源次が振り返ると、そこにいるはずの寅右衛門がいない。

「あ、あれ……？　与多様……寅の旦那。なんでえ、肝心な時によう……」

急に萎えてしまった源次の前に、浪人ふたりが不敵な笑みを浮かべて立ちはだかった。そして、源次の肩を押しやり、

「ここでは迷惑だから、向こうの空き地で話をつけようではないか」

「いや、俺は別に……」

「どうした。さっきの威勢の良さはどこに消えたんだ」

浪人たちはからかうように源次の腹を、刀の柄先で突いた。

そのとき、寅右衛門が羽織姿の番頭風の男を、庄左衛門の前に引き連れてきた。

「この者は、吉兵衛《きちべえ》という、おまえの店の番頭であるな」

「――それが何か」

庄左衛門が訝しそうに、偉丈夫の寅右衛門を見上げた。

「十五両は確かに受け取った。だが、貰ってないことにして、お葉を身請け同然に〝囲い女〟にするよう算段したと、すべて白状したぞ。であるな、吉兵衛」

「は、はい……主人に命じられまして……」

「受取証を出してやりなさい。それで話は終いであろう」

寅右衛門がそう言うと、浪人ふたりは刀の鯉口を切った。

「おとなしく帰ったほうが身のためだぜ」

浪人のひとりが言ったが、寅右衛門は怯《ひる》むどころか淡々と、

「いや帰らぬ。源次と話がつくまではな」

「なんだと！　思い知れ、このサンピン！」

奇声を発して斬りかかったが、浪人はふたりとも次の瞬間には、何がどうなっ

たのか、クルッと体が空《くう》を回転して、背中から地面に落ちた。ひとりは自分の刀で腕を怪我して、悲痛な声を上げた。

寅右衛門は体位もほとんど変わらないまま、堂々と庄左衛門を見て、

「さあ。素直に受取証を出すがよい」

と言うと、庄左衛門は渋々ながら、従わざるを得なかった。


お葉が『豊後屋』の〝囲い女〟にならずにすんだと、お嶋も幸吉も大喜びである。

一肌脱いだ源次は長屋に招かれ、親子からお礼をされた。ささやかな手料理と美味しいお酒をふるまってくれたのである。

「本当にありがとうございます。お陰様で、何事もなく、よかったです」

深々と頭を下げるお葉に、源次は気にすることはない、二両を渡したことで、却って迷惑をかけたと逆に謝った。

「だが、安心するのはまだ早いぜ。あの『豊後屋』庄左衛門ってなあ、一癖も二癖もありそうだから、気をつけていねえとな」

「ありがとうございます……このような暮らしをしていると、本当に人の親切が

身に染みて感じられます」

「だったら、お嶋さん。改めて、この金を受け取ってくれねえかな」

源次は紙に包んだ二両を、お嶋の膝元に置いた。

「差し出がましいとは思うが、何も言わずに、頼む。このとおりだ」

「それは……困ります」

「蜆だけに、しみじみ感じたんだ」

「……」

「俺には、親兄弟がいねえ。天涯孤独ってやつだ……俺のいる駒形そこつ長屋には、そんな奴らばかりだ。ガチャガチャうるさいがよ、心の奥じゃ、みんな寂しがりやなんだ」

ふと真顔になって、お嶋たち親子を見廻しながら、

「夜になるとよ、家に灯りがともるだろ？　それぞれに名もない、ささやかな人生があるんだなって感じるんだ……廻り髪結してるだろ？　そんな灯りを見てたら、長屋になんぞ帰りたくなくなるんだ」

「……」

「だから、あんたたちが羨ましい」

「私たちが？　そんな……ただの貧しい親子です」

「自分で貶《おとし》めることはない。金はなくたって、心が清いあんたたちを見てると、こっちの方が穴があったら入りたいくれえだ」

微笑みながら眺めていた源次に、幸吉はそっと近づいて、

「源次さん、本当は俺のお父っつぁんじゃねえのかい？」

唐突に訊いた。

エッと源次は驚いたが、困惑したのはお嶋の方だった。

「バカなことを言うんじゃないよ。なんで、源次さんが……おまえのお父っつぁんは、こんな立派な人じゃないし、博奕でスッテンテンになって……」

お葉も違うと言った。自分はハッキリと父親の顔は覚えているが、姿も声も、まるっきり違うと、幸吉に話した。

「でも、俺、見たんだ」

と幸吉は、ふたりの顔を見比べながら、

「『豊後屋』で、あんなに必死に訴えてくれてるなんて、赤の他人とは思えねえ」

「坊主……残念だが、俺は親父じゃねえよ。そうだったら楽しいかもしれねえがな。でもよ、これからも親戚のおじさんくらいには思ってくれや。こっちも甥っ

子ができたみてえで、嬉しくならあ」

「本当かい？」

「ああ、本当だ。なんだって教えてやらあ。独楽《こま》廻しに凧揚げに石投げ、それから……」

「喧嘩の仕方も」

「ええ？」

「だって、俺、弱いんだもん。いつも手習所の奴らにからかわれてよ。ろくに読み書きもできねえから、バカだとかグズだとか」

「なんだと。許せねえな、そんな奴は。よし分かった。俺がガツンと言ってやらあ」

源次が本気で腹を立てると、お嶋は懸命に止めた。

「よして下さいよ。人様にご迷惑をかけちゃいけない。それだけが、私たちにできることですから……」

あくまでも謙虚で素朴なお嶋に、源次は感服していた。

その夜は楽しく更けていったが、お葉だけは時々、咳き込んで苦しそうだった。

四

翌日、『佐渡屋』の帳場では、喜兵衛が気まずそうな顔で、算盤を弾いていた。時折、土間や表をせっせと掃除しているお嶋を、チラチラと見ている。お嶋の方も、あえて目を合わさないようにしているようだった。

おもむろに立ち上がった喜兵衛は、

「――お嶋……ちょいと奥に来ておくれ」

と声をかけて、自分は先に廊下へと向かった。

仏間の隣の一室に入るなり、喜兵衛は怒りを嚙みしめた顔になり、続いてきたお嶋に向かって、低い声で、

「よくも私に恥を搔かせてくれたね」

「え……？」

「『豊後屋』さんとのことだよ」

「でも、受取証は……」

「あれは、おまえの娘を、庄左衛門さんに渡すための手立てだったんだ。ああで

もしなきゃ、おまえさんは素直に渡さないだろう。せっかく、あんな病気持ちを面倒見てやろうって人が現れたのに、バカじゃないか」

「申し訳ありません。でも、お葉は私の大切な子で……」

お嶋が言いかけるのを喜兵衛は遮って、

「笑わせるんじゃないよ」

「旦那様……」

「私が何も知らないと思ってるのかい」

「一体、どういうことでしょう」

「おまえの亭主の借金を、色々と面倒見ていたのは、この私だよ。その恩義を忘れて、姿を晦ましてからも、私はおまえさんを雇って面倒見てきたんじゃないか。何を真面目な母親面して、いい格好してるんだい」

「ええ？」

「惚《とぼ》けても無駄ですよ。お葉も幸吉も、おまえさんが腹を痛めた子じゃない。それどころか……余所様から、こっそりと攫《さら》ってきた子らしいじゃないか」

「?!――」

「おまえの亭主がぜんぶ話してたんだよ。私はあえて知らないふりをしてたがね」

「……」

「亭主との間に子供ができないおまえさんは、人の子を連れて帰り、自分の子のようにして育てた。亭主はそのことで、頭がおかしくなったんだよ」

「違います……」

「どう違うのだね。じゃ、自分で生んだのかね、ええ！」

責め立てる喜兵衛の顔を見ているうちに、お嶋はみるみる涙が溢れてきた。

「泣いたってだめだ。おまえさんがやったことは、金を盗むことより、何十倍、何百倍も酷いことだ」

「……」

「けれど世間には黙っているしかない。だから、亭主は苦しみ、博奕や酒に走ったんだよ」

「いいえ。違います……」

お嶋は必死に首を振りながら、

「たしかに私が生んだ子ではありません。でも、あの子たちは捨て子なんです。可哀想に、親に見捨てられた子なんです。だから、私たちが育てようって……」

「そんな話は聞いてないね」

喜兵衛は底意地の悪い目になって、

「もう、おまえさんとの関わりも御免だね。所詮は蓮っ葉な女だしね」

と嫌味な口調で言った。

「贋の親子なのに、そうと知らずに苦労させられてる子供らが不憫だよ」

「……」

「お葉が『豊後屋』さんのところに行けば、幸吉も年頃だから、うちで小僧として雇おうと思ってたんだ。だけど、そんなに貧乏が好きならば、ずっとそのままでいればいい。盗んだ子だから、可哀想な目に遭っても、おまえさんは平気でいられるんだ」

「どうか旦那様。そんなことは、おっしゃらないで……」

「いや。今日から、旦那様と呼ばれる筋合いはありません。さあ、暇をあげるから、どこなと行きなさい」

最後の方は怒鳴り声になっていた。

喜兵衛に追い出されたお嶋は、ふらふらと通りを歩いていた。陽は照っているが、吹きつける風は冷たい。

何処をどう歩いたか分からない。家に帰っても、お葉に心配をかけるだけだ。幸吉もその辺りで蜆を売っているかもしれない。だが、突如、どん底に突き落とされたお嶋は、行き場を失って、ふらふらと隅田川のほとりに来ていた。

すると、小さな稲荷の祠《ほこら》の前で、幸吉が手を合わせて拝んでいるのを見かけた。訳もなく、お嶋は鳥居の陰に身を隠した。

ここは、『しじみ稲荷』と呼ばれているが、元々は蜆や魚の供養碑があった所で、本当の名は何というか誰も知らない。

その前で、幸吉はぶつぶつと、

「――どうか、お願いです。蜆の神様。うちにも沢山、お金を恵んで下さい。おっ母さんは苦労しているし、姉ちゃんは体が弱いんです。楽をさせてやって下さい。どうか、どうか、よろしくお願い致します」

と土下座をするように頼んだ。何度も何度も、幸吉は同じことを繰り返していた。

「……」

お嶋はただ、こっそりと見つめ続けることしかできなかった。

その夜のことである。

咳込みが激しくなったお葉が、意識が朦朧となるほど苦しんだので、長屋の者たちの力を借りて、町医者へ担ぎ込まれた。

応急の措置を取り、今夜のところは町医者にて身を預かることになったが、

「薬代も溜まっているし、これ以上は、診るのは難しい。小石川の養生所に入るのがよろしかろう」

と医者に言われた。貧民は只で面倒を見てもらえるのだが、労咳などの重篤な者は離れに隔離され、死を待つだけになる。

だが、お葉はそれほど悪くはない。きちんと治療をすれば、ふだんの暮らしはできるはずだ。事実、内職などは続けてきた。

お嶋はなんとかお願いできないかと頼んだが、町医者は無言で首を振るだけだった。

悄然となったお嶋だが、つくづく自分に愛想が尽きた。それでも、

――これも自分が撒いた種なんだ……ぜんぶ、受け入れるしかないんだ。

そう言いながら、とぼとぼと家に帰った。

翌日、早朝のことである。

突然、天井が抜けたような音がして、ジャラジャラと小判が落ちてきた。目が覚めた幸吉は、何事かと自分の身の周りを見ると、微かな障子あかりに、数十枚の小判が浮かんだ。

「うわっ！　なんだ、これッ」

幸吉は両手で掻き寄せるように摑んで、

「な、な……おっ母さん……おっ母さん……大変だ！」

と声を発した。

お嶋は、昨夜の看病に疲れているのか、まだ寝息を立てている。

「おっ母さん。起きてくれよ……猫目小僧が現れたよ」

「ええ……？」

ゆっくり布団から出たお嶋も、その小判を見て吃驚した。

「俺、昨日、しじみ稲荷でお願いしたんだ。金を沢山くれって。あそこは、魚や貝を祭ってるから、猫が集まるんだってね。だから、猫目小僧もあそこに住んでて、願い事を叶えてくれるらしいんだ」

「誰がそんなことを……」

「昔から、そう言われてるって聞いたことがあるよ」

「だから、何度もおっ母さんは話しただろ？　こんな金を当てにしたから、お父っつぁんは、とんでもないことに……」

お嶋は少し言い淀んだ。だが、幸吉はキッパリと、

「けど、これは姉ちゃんの薬代だ。お医者さんの治療代だ。俺の願いが通じたんだよ。博奕とかそんなことに使うんじゃないんだ。だから、いいじゃないか。ねえ、おっ母さん。姉ちゃんが助かるんだ」

そう必死に訴えた。目を輝かせ、なんとか姉を救いたいと思っている幸吉の気持ちは、お嶋にも痛いほど分かった。

「ありがたい！　ありがたい！」

幸吉は大喜びで飛び上がりたいところだったが、近所にバレてはまずいとばかりに、声をひそめた。

ところが――夜がすっかり明けると、長屋のあちこちで、悲鳴が上がっている。

「うわあ、小判だ。小判だ！　猫目小僧様のお恵みだあ！」

驚いて、幸吉が表に出てみると、長屋の連中が飛び跳ねながら、何十枚もの小判を手に余るほど持っている。その光景を見た幸吉はまた大喜びして、飛び跳ねながら、

「おっ母さん！　うちだけじゃなかったんだ。猫目小僧は、みんなの所にも、来てくれたんだ。凄い、凄い、凄い！」

舞い上がった幸吉は、嬉しそうに大笑いをするのだった。そんな我が子の姿を、複雑な目で見つめるお嶋であった。

五

何年も鳴りを潜めていた猫目小僧が現れた——という事件で、読売は大賑わい。飛ぶように売れていた。

しかも、花川戸の幸吉の長屋だけではない。浅草界隈は言うに及ばず、深川や本所などの貧しい長屋を狙うように、大量の小判がばらまかれていたのだ。

大騒動には違いないが、金の出所は分からない。被害を受けた商家などが名乗り出ていないため、町奉行所としても探索が鈍かった。手掛かりといえば、『猫目小僧推参』という紙札だけである。

駒形そこつ長屋も例に漏れず、数両ずつ各部屋にバラ撒かれていた。しかし、真っ先に駆けつけた大家のおつねが、

「これは、私が預かっておくからね」

と強引に集めて、持ち帰ったのだ。十手持ちの平七ですら、自分が貰ったものなのによう……と文句を垂れていた。

この事件が気がかりなのは、寅右衛門であった。

呆然と立ち尽くしている源次に近づいて、耳元に囁いた。

「おぬしの仕業ではあるまいな」

「――違いやす。俺はもう、とうの昔に……」

足を洗ったという言葉は飲み込んだ。

「では、誰か違う者が、猫目小僧の名を騙《かた》ったということかのう」

寅右衛門は、義賊とはいえ、盗っ人が跳梁跋扈《ちようりようばつこ》することを危惧していた。

その昼下がり――。

北町奉行所の佐々木康之助《やすのすけ》が、中間や捕方を引き連れて、駒形そこつ長屋に押しかけてきた。

真面目だけが取り柄の八丁堀同心だが、黒羽織と小銀杏《こいちよう》に朱房の十手とくれば、誰もが一目置いている。よく見れば目鼻だちは人気の役者絵になりそうな男ぶりだ。長屋の平七も飛び出してきて、

「何事ですか、佐々木様……」

と近づこうとすると、

「まさか、おまえが仲間ではあるまいな」

いきなり不躾に訊いてきた。

「はあ？　なんのことでやんしょ」

「惚けるな平七。俺は前々から、この長屋は臭いと睨んでいたのだ」

「たしかに臭うかも……おい。誰だ？　今日の厠《かわや》の掃除の当番は」

平七が声を上げると、何気なく見ていた寅右衛門がハッと気づいて、

「ああ、身共であった。すまぬすまぬ」

と道具を持って取りかかろうとしたが、井戸端から見ていたのであろう、お静が近づいてきて、自分がやると言い出した。

「だって、寅右衛門の旦那、やることがいい加減なんだもの。雪隠《せっちん》の汚れは取れてないし、足場は水で濡らしたまんまだし」

文句を言いながらも、何やかやと面倒見がよいのである。そんな様子を見廻しながら、佐々木は益々、訝しむように目を細めて、

「この長屋の連中は妙に怪しい……何をして食ってるか分からぬ奴ばかりだ」

「そんなことはねえでしょ」

　と平七は十手を出し、

「俺はご覧のとおり御用聞きだし、熊蔵さんは大工だし、お静は茶屋娘、仲太は町内預かりの仕事師で、源次は廻り髪結だ……ま、そこの寅の旦那は、佐々木様もご存じのとおり、ちょいと訳ありで、まだふらふらしてますがね」

「実に怪しい……特に、源次……」

　端から目星をつけてきている、佐々木の言い草だった。

「おまえ、廻り髪結をしながら、めぼしいところを探ってやがっただろう」

　朱房の十手で、こっちへ来いと指図をすると、源次は仕方なく近づいた。その顔を舐めるように見ながら、

「正直に申せ。隠すと為にならないぞ」

「……何をでしょう」

「猫目小僧は、てめえだってことだ」

　唐突に詰め寄られて、源次は驚きを隠せなかったが、すぐに素知らぬ顔になって、

「俺が猫目小僧……そりゃ大笑いだ。なんで、俺が……」

「見た奴がいるんだよ」

「ですから、何をです。勿体つけずにハッキリと言って下さいやし」

「だから言ってるではないか。おまえは猫目小僧。日本橋蛎殻町の唐物問屋『豊後屋』から、千両箱をひとつ、盗んだであろう」

確信に満ちた目で、佐々木は睨みつけたが、源次は本当に知らないから、その

とおり答えた。だが、佐々木は、先日、源次が『豊後屋』に乗り込んで、言いがかりをつけたことを持ち出して、

「下調べをしていたことくらい察しはついている。正直に申せ」

と、さらに詰め寄った。

「このとおり、証拠があるぞ」

佐々木が見せたのは、髪結道具の鋏であった。それを見た源次は、

「たしかに俺のものだが、これはもう随分前に失くしたものです」

「惚ける気か……これが蔵の中から見つかった。つまり、おまえはこれで鍵をこじ開けて蔵の中に入り、盗みを働いたんだ。見てのとおり、刃先が曲がっている」

「いや、これは切り易くするために、初めからこんな……」

「黙れッ。『豊後屋』の主人の話では、寅右衛門殿と一緒になって、強引に受取証を出させたらしいが、それはある親子のためらしいな。どういう関わりなのだ」

何を言いたいのか、源次には測りかねた。だが、お嶋とお葉、幸吉のことだと察しはついた。佐々木はうっすら笑みを浮かべ、

「ほら。何か知ってる顔だ……猫目小僧はその親子のもとにも現れて、ドッサリと金をやっている。よそが、二、三両なのに、お嶋のところだけ、数十両あった」

「！……」

浅草だけではなく、本所、深川の長屋にバラ撒かれていたことは、誰もが承知している。お嶋の所に〝猫目小僧〟が現れても不思議ではあるまい。しかし、源次は別の思いが、脳裡を過《よぎ》った。お嶋自身が〝猫目小僧〟の真似事をしたのではないかと勘繰ったのである。

「やはり、何か特別な思いがあるようだな、源次……そう顔に書いてあるぞ。でなきゃ、ポンと二両なんぞやるまい」

「それは……」

「隠すな隠すな。飲み屋の春平から聞いたぞ。蜆をまとめて買って川にポイとな」

「……」

「博奕で稼いだっていうが、その金だって、どこで手に入れたか怪しいものだ。さあ、番屋まで来て、じっくり話を聞かせて貰おうか。寅右衛門殿もお願いしますぞ。おい、平七、おまえもだッ」

すっかり猫目小僧〝一味〟にされてしまった駒形そこつ長屋の面々は、繋ぎ縄まではされなかったものの、ぞろぞろと引き連れられて、浅草門郡代屋敷前の大番屋まで来た。

大番屋とは、自身番とは違い、吟味方与力が来て詮議をする所であり、仮牢もある。相当に疑わしい者が留め置かれる所だ。

すでに吟味方与力の藤堂逸馬《とうどういつま》が到着しており、壇上に座っていた。用意周到としか言いようがない。猫目小僧が源次であることは、何処で調べたか、佐々木は重々、承知しているようであった。

「源次とやら。おまえがかつて世間を騒がせた猫目小僧かどうかはさておき、『豊後屋』から盗みを働いた疑いは強い。正直に申せば、お上にも慈悲はある」

藤堂が言うと、源次は首を傾げ、

「お慈悲……？」

「盗んだ金は自分のものにせず、すべて貧しき者にバラ撒いたことにつき、情状酌量の余地はある。しかし、盗みを働いたのが事実であれば、極刑の覚悟はできておろうな」

「……」

「どうじゃ、源次」

真剣な眼差しで藤堂の話を聞いていた源次は、すっと顔を向けて、

「へえ……覚悟はできております」

と素直に言った。

「うむ。神妙である。罪を認めるのだな」

問いかける藤堂に、寅右衛門が横槍を入れるように声をかけた。

「ひとつだけ、聞きたいことがある」

「申してみよ」

「『豊後屋』が盗まれた千両の金が、一体、どういった類のものか、ご存じか」

「む？　どういう意味だ」

「受け取った金を、貰っておらぬと嘘をついてまで、女を自分のものにしようとした人間ゆえな。そこな平七の手を借りて、少々、調べてみたのだ」

「それで、なんだ」

「主人の庄左衛門という男は、同様の手口で女を集め、深川の遊女屋などに売り飛ばしていた節がある。そのこと、篤《とく》と調べてみるがよかろう」

「……」

「盗んだ金がもし、不法に集めたものであるならば……人様から毟《むし》り取ったり、女を売り買いして得た金ならば、返すのが筋であろう。猫目小僧はそのことを承知していたからこそ、本所、深川辺りの貧しい所にバラ撒いたのではあるまいか」

寅右衛門は毅然とした態度で、藤堂を見上げて強く訴えた。

「中には、娘たちが無理矢理、連れ去られた家もあるやもしれぬぞ。そうは思わぬか」

「――それは、想像に過ぎまい」

藤堂は少々、寅右衛門の不遜とも受け取れる態度が不愉快になって、

「如何なる訳があろうとも、人の金は盗んではならぬ。違法な手段で集めた金で

も、である。たとえ、自分が盗まれた金であっても、自らが力尽くで取り戻すのは禁じられておるのだ」

と言った。

「何より、今し方、源次当人が罪を認めたのだ。お奉行がお白洲にて、正式にお裁きをするゆえ、それまで、当大番屋に留め置くこととする。ほかの者も吟味を重ねた上に、同様の処置を取るゆえ、さよう心得よ」

決然と断じた藤堂の目は、ギラギラと輝いていた。

六

猫目小僧が捕らえられ、しかもそれが、廻り髪結の源次であることは、読売によってすぐに世間に広まった。

「——おっ母さん、これ……」

幸吉は自分たちを助けてくれた源次こそが、猫目小僧であったことに、子供ながらに衝撃を受けた。

お葉も驚きを隠せないでいた。医者から見捨てられそうな状況の中で、猫目小僧がバラ撒いてくれた金で、少しは母親を助けられるかと期待したのだが、その金はすべて、町方の者がきて集めていった。

集まった金はぜんぶではないが、およそ千両となり、『豊後屋』から盗まれたものとほとんど同じ額となった。これは、『豊後屋』から盗まれたという有力な証拠ともなり得たのである。

幸吉とお葉は、源次の親切が有り難かっただけに、

——盗っ人だったのか……。

という思いに打ちのめされていた。

だが、お嶋だけは読売を摑む手が、ぶるぶると震えていた。

「まさか……そんなバカな……」

戸惑いと憂いが広がるお嶋は、居ても立ってもいられなかった。だが、その不安を増幅させてしまうかのように、あっという間に、源次は市中引き廻しの上、獄門という裁決を北町奉行が下した。

同じ極刑であっても、犯した罪によって、死罪、獄門、磔《はりつけ》、火罪という火炙り、鋸挽きなどと幾つかの種類が決まっている。

獄門は死罪と同じく斬首刑だが、その後、首を二夜三日間、獄門台にかけて晒

されるのである。三日の後には、町奉行に伺いを立てた上で捨てられるが、罪人のことを記した捨札は一月の間、掲げられるのだ。

引き廻しはいわば付加刑であり、世間を騒がせた重犯罪に科せられた。小伝馬町牢屋敷を出ると、江戸橋、八丁堀、南伝馬町、京橋から札之辻に行き、そこから引き返す形で、赤羽橋、溜池、赤坂、四谷、牛込、小石川、本郷、浅草、蔵前などを経て、牢屋敷に戻るのだ。

まさに江戸市中をグルリと引き廻されるわけだが、罪人にとっては、

――この世の見納め。

だったのであろう。大泥棒などの中には、馬上から「絶景じゃ、絶景じゃア」と喜び、はしゃぐ者もいたという。

わずか一日だけ、小伝馬町の牢屋敷に留め置かれ、体を清め、最後の飯を食べた後、源次は縛られた上で馬に乗せられた。

表門が開くと、源次を乗せた馬が、ゆっくりと出てきた。

その噂を聞きつけた者たちは、牢屋敷の前に集まっていたり、引き廻しの途中の路肩で見物したりする。読売には丁寧に、その経路が書いてあり、親類縁者などが今生の別れを惜しみにくることもある。

――この処刑は、中止すべきだ。まだ確たる証がない。

と駒形の町名主・徳兵衛《とくべえ》は、町年寄を通じて、北町奉行に上訴していたが、それが受け入れられる余地はありそうになかった。

粛々と引き廻しの刑が始まろうとしたときである。

門前に控えていたお嶋が飛び出して、

「お願いでございます！　どうか、どうか。お裁きをやり直して下さいませ！」

と訴えた。

獄吏たちはすぐさま排除しようとしたが、見送りに出ていた牢屋奉行の石出帯刀《いしでたてわき》は、「待て」と声をかけた。

実は、引き廻しの行列の前に立ったり、阻止したりすることも犯罪であり、場合によっては即刻、斬り捨てられることもある。それゆえ、石出は大事を取ったのである。

「刑の執行は、町奉行の許しがあって行うものゆえ、私には裁きをやり直す権限はない。引き廻しが始まれば、おまえにも罰が及ぶゆえ、邪魔立てしてはならぬぞ」

いわば最後の親切で言っているのだ。その石出の心遣いを分からずに、お嶋は大声で訴え続けた。

「唐物問屋『豊後屋』に押し入り、千両箱を盗んだのは、この私でございます」

「ふざけるでない」

「本当でございます。私の娘を〝囲い女〟にしようとした主人への腹いせでございます。私がやりました。証拠は、お金と一緒にばらまいた紙札でございます。

その文字は、私の筆跡に間違いありません。どうか、お調べ直しをッ」

「控えろ。そもそも、女の身では千両箱ひとつ抱えることも、ままならぬであろう。出鱈目を申すなッ」

石出は少し声を強めた。

「それとも、こやつが二両をくれたことに恩義でも感じておるのか」

「いいえ。本当でございます。私が……」

さらに言いかけたとき、馬上から源次が声をかけた。

「俺が正真正銘、猫目小僧でえ」

「そうかもしれませんが、此度、『豊後屋』に盗みに入ったのは……」

「うるせえ女だなあ。江戸市中で馬に乗れるのは、偉いお旗本くらいだ。俺たちにゃ、生涯見ることのできねえ絶景を、人生最後に楽しめるんだから、邪魔するんじゃねえ」

まるで歌舞伎役者のような口上で、お嶋を突き放すように、源次は言った。その言葉を受けて、石出は前を開けて下がるよう、お嶋に強く命じた。それでも、

「本当です。私がしたことなんです！」

と、しがみつこうとするお嶋を、牢屋同心たちが排除しようと背中から抱きかかえ、道端に引きずっていった。

その様子を、傍らから見ていた寅右衛門が近づいてきて、牢屋同心らを押しやり、お嶋を庇うように立った。そして、石出に向かって、丁重に頭を下げると、

「執務の邪魔をし、申し訳ない。身共からも謝る」

「そこもとは」

「与多寅右衛門。駒形の長屋に世話になっておる者だが、この女とも少々、縁がある。この場は引き下がらせるが……この刑はいずれ、北町奉行が中止せよと命じるであろうから、しばし待つがよい」

あまりにも堂々として、風格のある寅右衛門に、石出はたじろいだが、

「……そうは参らぬ」

と言って、刑を続行するよう配下の者に命じた。

ゆっくりと、実にゆっくりと、引き廻しの行列が動き始めた——。

ワッと泣き崩れるお嶋を、寅右衛門は優しく抱きかかえて、近場の人目につきにくい路地に連れていき、

「源次は、おまえの仕業と承知の上で、罪を被ろうとしているのだ」

「?!――」

落雷のような衝撃が、お嶋の全身に突き抜けて走った。

「だが、大丈夫だ、お嶋。必ずや、源次は助かる」

「え……」

「『豊後屋』の悪事を暴き、あの千両の金の出所を突き止め、町年寄を通して、徳兵衛や平七らが今一度、北町奉行所にかけあっておる。うちの長屋の連中も、なかなか情に厚くてな」

「でも……」

不安を拭いきれないお嶋の肩をそっと抱きながら、寅右衛門は言った。

「引き廻しの刑が加わったのは、これ幸いだ」

「え、ええ?」

「打首ならば、即刻、牢屋敷内で刑を科せられる。だが、引き廻しの間、時が稼げるというものだ。なに、身共が〝殿様〟をしていたときも、そのようなことが

あった……時を稼ぐということは、人の命を救うときに、最も大事な要ゆえな」

穏やかかな、日だまりのような微笑みを浮かべた寅右衛門を見て、お嶋はほんの少しだけだが、気持ちが落ち着いた。そして、初めて寅右衛門と会ったときのように、しぜんと心の裡を晒したくなったのだろう。ぽつぽつと話し始めた。

「——寅右衛門様には前にも話しましたが、私の亭主は、道を踏み外しました……でも、実は私の方が……本当は……本当は、人の道を踏み外して、生きてきたのでございます」

「それについては、言う必要はなかろう」

「いえ、しかし……」

「聞けば、身共も困る。源次も困る。源次を助けようとしている長屋の連中も困る。言わぬが花というものだ」

まるですべてを見抜いたような寅右衛門の言い草に、お嶋は戸惑った。

「でしたら……私は独り言を言います……聞かなくて結構でございますので……」

「……」

「猫目小僧のような義賊ではありませんが、実は私は盗っ人の仲間だったことがあります。ある商家に盗みに入ったとき、仲間が家人を殺《あや》めてしまい、火を付けました……ですが、赤ん坊の泣き声に気づき、私は戻りました。考えるより先に、その子を抱きしめ、逃げ去りました」

「……」

「それが、お葉でございます」

お嶋は消え入るような声で、横を向いている寅右衛門に語りかけるように続けた。

「私は、そんなことがあって……盗みの仲間から抜け出し、ひとりで暮らしていたときに、亭主と知り合いました……何処といって取り柄はありませんが、ただただ真面目でした」

「……」

「弟の幸吉は捨て子です……ある雪の日、長屋の目の前に捨てられていましたた……神様がくれたのだと思って、自分たちの子として育てました……血の繋がりはないけれど、親子として仲良く暮らしてました。猫目小僧がお金を落とすまでは……」

しだいに声が掠れてきたお嶋は、ふらっと倒れそうになった。寅右衛門はそれを支えて、聞くともなく聞いていた。

「――そのとき、私は初めて、自分が盗っ人の仲間だったことや、お葉のことを……本当のことを話したんです……ですから、亭主が変わったのは、猫目小僧がばらまいてくれたお金のせいじゃない」

「……」

「私の……私のせいなんです……！」

嗚咽しながらしゃがみ込んでしまうお嶋を、寅右衛門は温かな目で見つめていた。そして、小さな声で、

「よく聞こえなかったが……お葉を助けたとき、おまえの中から悪いものが消えたのだ。だからこそ、神様が幸吉も置いていったのではあるまいか」

「と、寅右衛門様……」

お嶋は声を押し殺しながら、泣き続けていた。

市中引き廻しの刑が終わる頃――。

『豊後屋』の庄左衛門が北町奉行所に出向いて、千両箱は盗まれていないと訴えた。猫目小僧が現れたという読売を見て、

――先日の腹いせに、源次のせいにしてやろう。

と思っただけのことだと告白した。

むろん、これは、平七が庄左衛門の悪事を暴き出して、

「今までの阿漕《あこぎ》なやり口を世間にバラすか。それとも盗まれた千両を諦めるか」

と脅しをカマした結果である。そして、表向き、金は盗まれていないのだから、

――誰も咎め立てはせぬ。源次は無罪。

ということになった。

ばらまかれた金は一体、何処の誰がやったかについては、よく分からないままだったが、

――どこぞの酔狂な金持ちが、人助けのつもりでしたことだろう。

ということで落ち着いた。

その後、北町奉行所が集めた千両ほどの金は、幸吉のような貧しい子供でも通える手習所と、お葉のような病がちな人が安く治療を受けられる診療所を作ることに使われることになったのである。

寅右衛門たちが背後でうまく計らったということは、蜆の神様しか知らぬことだった。

第四話　恋する崇徳院

一

目の前に浅草寺があるのに、上野寛永寺まで足を運びたくなるのは、花見の時節に決まっている。だが秋のある日、ご先祖様の供養で、八十吉は父親の文左衛門と寛永寺の近くの小さなお寺に参拝した。

文左衛門は江戸に出てきて、一代で材木問屋『木曾屋』を大きくしたが、その際、田舎から墓を移して建て直し、供養しているのである。ふだんはドケチの文左衛門だが、かけるところにはふんだんに金を使うから、菩提寺には相当、寄進していた。

「今日の『木曾屋』の繁栄があるのも、ご先祖様が守ってくれているお陰ですよ。

おまえも遊んでばかりいないで、たまには、ご先祖孝行をしなさい」

いつもの説教を垂れられて、少しも面白くない八十吉だった。が、参拝の後は、親父の目を盗んで、こっそり不忍池の方に行こうと考えていた。この界隈は出合茶屋が多くて、訳ありの男女が秘め事をする所だ。〝蹴転《けころ》〟と呼ばれる安女郎がいる宿もある。

八十吉は女郎買いが大好きというわけではないものの、親父の辛気臭い顔を見ていると、憂さを晴らしたくなるのだった。その悪しき心を見抜いたのか、文左衛門は墓参のあと、

「せっかくだから、清水堂《きよみずどう》まで行ってみよう」

と誘った。

気乗りしない八十吉ではあったが、清水堂とは、京の清水寺の舞台を模して上野の山に作られたお堂である。この観音堂の広い舞台からは、後に歌川広重が描いた〝月の松〟が見えて、丸く曲がった松の枝の向こうに江戸の絶景が広がる。そこから町並みを覗くと、

——良縁に恵まれる。

という言い伝えもあるから、若い娘たちが押し寄せていた。

その帰り道、まもなく日が暮れる頃のことである。

立ち寄った茶店の、たまさか座った縁台で、八十吉はどこぞの武家娘とその付き添いの女に出会った。とはいっても、相手は丁度、茶を飲み終えたところのようで、小さく礼をして、立ち去ろうとした。

そのとき娘が袱紗を落としたので、八十吉はとっさに拾って、手渡した。次の瞬間だった。

——ガーン。

と雷に打たれたように、八十吉は立ち尽くした。

あまりの美しさに愕然としたのである。みっつ数えぬうちに、八十吉の頭は熱気でクラクラし、体中の血が沸騰したかのように体を巡り廻《めぐ》った。

「どうしたんだね。具合でも悪くなったか」

心配そうに文左衛門は声をかけたが、八十吉は掠れる声で、ガヒガヒと喉を鳴らすだけであった。唾も乾ききったのである。

袱紗を受け取った娘ははにかみながらお辞儀をして、立ち去ろうとしたが、ふと近くの桜の枝にかかっていた短冊に手を伸ばした。そして、付き添いの女に矢立を出させ、さらさらと美しい女文字を書いた。

「ありがとうございました」

鈴を転がすような……とは、この娘のような声を言うのであろう。短冊を八十吉に手渡すと、娘は軽く会釈をして立ち去った。

立ち去る娘の後ろ姿は、だらりの帯よりも艶やかで、その揺れのせいか、余計に美しさが際立った。

――夢か幻か……。

ほんの一瞬、出会っただけの娘だが、俄《にわか》に切ない気持ちになって、暮れなずむ夕景の中に消えていくのを、八十吉はいつまでも見送っていた。

「本当に大丈夫か？　幾ら私が、〝蹴転〟を相手にするなと言ったからって、お武家の娘さんに手を出しちゃいけないよ。吉原で遊ぶ金くらいなら、出してやるから」

「な、なにをバカな……私はね、女郎と喧嘩は買ったためしがないんだ……へ、変なことを言わないでおくんなさい」

「とにかく、ご先祖様に感謝しなさい。それが、人の道として一番大切なことなんですよ。ご先祖様がいなきゃ、おまえだって生まれてないんだから」

「はい。私は、あの娘さんのご先祖様に感謝致します」

「ええ？」

「だって、ご先祖様がいなきゃ、あの娘さんは、この世にいないんですから……私と巡り会うこともなかったんですから……」

すっかり目が虚ろになっている八十吉の横顔を、文左衛門は奇妙なものを見る面持ちで、じっと黙って見ていた。

その数日後――。

寅右衛門が、『木曾屋』の主人に呼び出された。

その理由というのは他でもない。

八十吉が上野の茶店で出会った娘のことで頭がいっぱいで、熱に浮かされ、仕事も手に付かぬというのだ。もっとも、仕事はろくにしたことがないからいいが、部屋に引きこもったきりだという。

ポカンとした顔で、

「会いたい。あの人に会いたい……」

と繰り返すだけで、それ以上のことは何も言わず、文左衛門もほとほと呆れ返っていた。

「そんなに会いたいなら、何処の誰か探してやろうと思って、手代たちを使って、あちこち探したのだが、どう手を尽くしても分からない。逢魔が時のことだし、狐につまれたのだと諦めさせようとしたのですが、あの体たらくでして……」

文左衛門が指すと、庭の小さな池を挟んだ向こうにある離れに、呆けたような八十吉の姿があった。

たしかに、いつもの若旦那らしい元気がなく、魂の抜け殻のようである。

「ずっと、あの調子でしてね。親の私にも心の裡は深く語りません……詳しい事情は、寅右衛門の旦那になら話すと言っております」

「身共に……」

「ええ。あまり親しい友人がいないんですよ。それに、駒形そこつ長屋の人たちに話しても、からかわれるのがオチですからね」

文左衛門なりに息子のことを心配しているのであろう。寅右衛門は、親心を察して、話を聞いてみることにした。

冬枯れの時節とはいえ、妙にポカポカした日で、陽光が座敷を温めるくらい、燦々《さんさん》と照りつけていた。

「好きな女の人ができたそうだな。一目惚れというやつであるか」

不躾な尋ね方をしたが、八十吉は素直に頷いて、

「そうなんです……もう本当に、この世のものではない美しさで……すっかり虜《とりこ》になってしまいました」

と神妙な面持ちで言った。

「では、どうしたいのだ。親父殿の話では、八方手を尽くしたが、何処の誰かサッパリ分からぬというではないか」

「ええ。でも、そうでもないんです」

「そうでもない？」

「手掛かりなら、このとおり……」

八十吉が差し出したのは、娘が書いた短冊であった。そこに、しなやかな達筆で書かれているのは、

――瀬をはやみ岩にせかるる滝川の

という言葉だった。

「これは、百人一首にある崇徳院《すとくいん》の歌の上の句ではないか」

寅右衛門がそう言うと、八十吉は目を輝かせて、

「さすがは寅右衛門の旦那……うちの親父なんか、何かのおまじないか、なんて言うんですよ。金勘定しか頭にないバカには、教養というものがないんですよ」

「親のことをバカなどと言ってはならぬ」

「こっちは毎日言われてますから……それはともかく、この下の句はご存じですか」

「――われても末に逢わんとぞ思う」

「そのとおりです……岩によって別れてしまったふたりでも、いつかまたきっと会おうと思う……この歌のように、あの上野の茶店で会った娘さんは、私に対して、必ずやいつかまた会える。そう心に思ったに違いありません。そう思うと、益々、私は辛くて切なくて……」

八十吉は次第に涙声になって、

「胸が詰まって……その床の間の達磨の絵でも、あの娘さんに見えてしまうほどで」

と嘆いた。

ふたりは一瞬にして恋に落ちたのに、武家と町人という結ばれない運命《さだめ》とお互いに思った。けれども、長い人生の最後には必ず一緒になろうという、切なる願いが込められているのだ、と八十吉は断じた。

「あの娘さんは、きっとそう思っていたんですよ……もちろん、私も」

「武家娘だったのか」

「はい。ですから、寅右衛門の旦那にも手を貸して頂いて、是が非でも見つけて貰いたいんですが、手掛かりはこの短冊だけ……もちろん、顔や姿は覚えておりますよ。目に焼きついてます。ですが、私は絵が下手なもので……」

「だったら誰かに人相書でも作らせようではないか」

「人相書……罪人ではないんですから」

「されど、その方が探しやすいぞ。あと、背丈とか着ていた着物、髪型や物腰。手にしていた荷物。そして、付き添いの女中の様子なども分かれば、なんでもよい。小さなことから探し出せるに違いあるまい」

「ええ。どうか、どうか、宜しくお願い致します」

「早速、長屋の連中にも相談してみよう。平七なんぞは岡っ引ゆえな、存外、早く見つけるかもしれぬぞ」

寅右衛門が腰を上げると、縋《すが》るように八十吉は止めて、

「ダメですよ。あの長屋の連中なんかに話したら、それこそ大笑いされるだけです。それどころか、からかわれるだけでなく、余計なことまで始めて、纏《まと》まる話も纏まらなくなります」

「うむ……かもしれぬな」

「でしょ？　だから、どうか、どうか。そのために、寅右衛門の旦那ならばとお願いしたのですから」

「相分かった。他ならぬおぬしの頼みだ。力を貸そう」

「――他ならぬおぬし……」

八十吉はズルッと洟《はな》を啜って、

「ありがたいことです。こんな私のことを、他ならぬとは……よろしくお願い致します。もし、事が成就した暁には、あの駒形の長屋を……いえ、他のもっと立派な二階建ての長屋の大家にして差し上げます」

『木曾屋』は浅草界隈に幾つもの地所を持っており、おつねが大家をしている十軒の長屋も地主は、文左衛門なのである。

「そしたら、寅右衛門の旦那も、食うには困らないでしょうから」

「これくらいのこと、礼には及ばぬ。おぬしが恋する崇徳院に再び巡り会って、幸せになってくれれば、それでよい」

「なんて……なんて純真で無垢なお人だ……あの長屋に置いておくのが惜しいくらいだ……」

八十吉はいつまでも嬉し涙を流していた。

二

八十吉の恋の話は、駒形そこつ長屋の連中の耳に入った。寅右衛門が真っ先に立ち寄った浅草寺前の茶店『青葉』で、お静に話してしまったからである。するると、長屋だけではおさまらず、おつねや町名主の徳兵衛らによって、アッという間に、町中に広まった。

あの旗本の娘ではないか、そこの大名屋敷の人ではないかと、あちこちで噂が立ち、心当たりのことがあれば、町中の人が『木曾屋』を訪ねてきて、報せるのだった。

なぜ、そこまで次から次へと〝情報〟が集まったかというと、若旦那の恋の相手を探し出したら、御礼がたんまり出るという噂が流れていたからである。

町中に知られたくないことを広められては、ただでさえ評判がよくないバカ旦那と揶揄されているのに、もはや世間に晒す顔がないと、八十吉は益々、引きこもりになった。

「――寅右衛門の旦那だけは、信用していたのに……だから人は信頼できない」

と落ち込みも相当だった。

そんな若旦那を慰めようと、駒形そこつ長屋の大工、熊蔵が一杯やろうとやってきた。

「冗談じゃないよ。なんで飲んべえの熊さんなんかと……どうせ、酒をたかりたいだけでしょうが」

八十吉は離れから一歩も出ようとしない。

「出なくたっていいよ。こうして、酒は用意してきた」

ドンと徳利を置いて、ぐい呑みまで用意してある。

「私は舐めるぐらいしか飲めないし……」

「まあ、一杯、景気づけに」

半ば無理矢理、乾杯をしてから、熊蔵はふいに言った。

「若旦那が探している娘さんとやら、少々、心当たりがありやす」

「なんとッ。本当ですか……」

「これでも、あちこち仕事に行ってるのでね、寅右衛門の旦那から人相などを聞いて、ふと思いついたんですよ」

「で、で……それは、どこのどなた……」

あたふたと詰め寄る八十吉に、熊蔵はもう一杯と勧めながら、

「慌てなさんな。その話をする前に、言っておきたいことが、ふたつみっつある」

「なんですか、改まって」

「本当に、その武家娘と会いてえのかい？」

「だから、こうして悩んでいるんじゃないですか。それに、向こうだって、そう思ってるに違いない。お互い、何処の誰か分からぬまま別れたんですから」

八十吉はじれったそうに言うのに、熊蔵の方もまたじらすように、

「まず……本当に、この世にいないほどの美形だったのかい？」

「どういうことです」

「夜目、遠目、笠の内ってえからな。聞いた話じゃ、日暮れに見ただけだろ。勘違い、見間違いってのもあるぜ」

「そんなことはない。今の熊蔵さんとの距離よりも近かったですよ」

「へえ。だったら間違いはねえか」

「親父だって、そりゃ顔くらい覚えてる。あの娘は絶世の美女だったけど、相手

は武家だから、諦めろって」

しだいに声がクサクサしてきた八十吉に、さらに杯を重ねて、熊蔵は言った。

「ふたつめは、若旦那より長生きしてる者として、ちょいと助言しておきたいんだが……一目惚れで嫁になんかしたら、後が大変だってことだ」

「はあ……？」

「出会ったのは運命だったと浮かれるけどよ、本当は出会わなかった方が良かったんだ……そう思う時が必ずくる」

「……」

「俺がそうだった。女房と別れたのは、もう五年も前のことだが……ああ一緒になるんじゃなかった。一目惚れするんじゃなかったって、何度も苦しんだ。惚れたはれたは最初のうちだけ。なんだ、こんな奴かって、すぐ嫌になるもんなんだ。だから、おまえさんは、同じ目に遭わせたくねえと思ってよ」

しみじみと語る熊蔵に、八十吉は深い溜息をついて、

「よしてくれよ、熊蔵さん。あんたとは違うんだ。本当に私たちは、お互いに恋い焦がれているんだ。崇徳院の歌のとおり」

「その歌のことも聞いたがよ。だったら、向こうだって探してるはずだ。これだ

けの騒ぎになってるんだから、分かろうってもんじゃねえか」

「江戸は広いですよ。だから、私も悩んでいるんじゃないですか」

「会えない悩みより、一緒になった苦労の方が何百倍も辛いって」

「これからって私に、そんな変な話をしないで下さいよ」

キッパリと断って、もう帰ってくれと頼んだ。そして、寅右衛門が喋ったことへの怨み言を漏らした。

「では、もうひとつ。その崇徳院とやらだがよ。おまえさん、知ってるのかい」

「何を……」

「一体、どういう御仁かってことをだよ」

「どうでもいいです、そんなの」

「ほら知るめえ」

崇徳院は、平安時代の末期、保元元年に朝廷や摂関家の内紛によって、後白河天皇と争うこととなった。武力による政変を起こしたのだが、後にいう保元の乱によって、崇徳院は罪人として讃岐に流されてしまったのである。

それから、崇徳院は二度と京へ帰ることはなかった。だが、その直後、京を守護する延暦寺でも騒動が続き、市中では大火が起こったり、周辺の荘園では一揆が起こる中で、後白河天皇に近い建春門院や高松院、九条院らが次々と死んでしまった。そのため、崇徳院の怨霊の仕業だという噂が広がり、ついに後白河天皇は怨霊鎮魂を施したという。

熊蔵が簡単に説明をすると、八十吉は「だからなんだ」と言い返した。

「だからなんだと言われてもなあ……寅右衛門の旦那の受け売りだから」

「熊蔵さん。あんた何しに来たんだい」

「じゃあ言うけど、その崇徳院の歌は、恋の歌ではなく、恨みつらみをいつかは晴らすからなって意味らしいぞ」

「――えっ……」

急に心配になったようで、八十吉は眉根を寄せた。

「私は別に誰からも恨みなんぞ……」

「人の恨みってのは、どこで買ってるのかは分かったもんじゃない。そういう奴に限って、しつこく追いかけ廻したりする」

「脅さないでくれよ、熊蔵さん」

「恨みかどうかはともかく、女と添い遂げたいなら、そこまで覚悟しなきゃならねえってことだよ。どんなことがあっても、その女と添い遂げる自信があるなら、俺はキチンと探し出してきてやるよ」

「恩着せがましく言われてもねえ……」

と八十吉はぞんざいに言いかけたが、心当たりがあるという熊蔵に対する期待もあって、態度をコロリと変えて、

「とにかく、よろしく頼みますよ。その代わり、長屋の大家にしてあげます」

「大家は厄介事ばかり背負い込むから、それより大工の普請をもっとくれよ……いいえ、下さい。材木問屋なんですから、幾らでも口利きができるでやしょ」

熊蔵の要望に、八十吉はふたつ返事で、

「分かった。約束する。棟梁にだってしてあげるよ。だから頼んだよ」

と両手を摑んで頼み込んだ。

三

熊蔵は、心当たりの武家を訪ねた。

神楽坂上にある瀟洒な屋敷の旗本だった。旗本といっても、わずか二百石の小普請組で、実質は二百五十俵取りほどの収入だから、二十人余りの家臣や中間、

小者、女中などを雇うのは大変である。

――台所は火の車。

というのは、どこの旗本屋敷も同じであろう。

地獄の番人が、罪人を地獄に送るために乗せるのが、火の車だが、この世にあっても、「三界火宅《さんがいかたく》」と言われるように、苦悩に満ち溢れている。武家も長屋住まいの町人も関係なく、暮らしぶりは大変だった。

それゆえ、ここ河野《こうの》家でも、屋敷や門扉を修繕する金がなく、かなり傷んだままであった。だが、毎日の掃除は行き届き、柱や廊下などは綺麗に磨かれていた。

こうして建物を大事にしていることが、熊蔵には嬉しくて仕方がなかった。

「あっしも何度か雨樋や屋根裏などに手を入れやしたが、まだまだ丈夫でございます。住むには十分でございますよ」

熊蔵は何度か頼まれ仕事で来たことがあったのだ。

対応に出ていた顔馴染みの中間頭《ちゆうげんがしら》に、熊蔵は人相書を見せて、このような風貌の娘がいないか尋ねた。実は、寅右衛門が、絵心のあるお静に描かせていたのだ。

同じものを幾つか揃えて、平七や源次も探しているが、

――大工仕事を増やすため。

に、熊蔵は抜け駆けをしていたのである。

その人相書を見るなり、

「ああ。こりゃ、うちのお嬢様の芳乃《よしの》様だ。間違いねえ」

すんなり、そう答えた。

「本当かい。ああ、やっぱりなあ。前に一、二度、母屋にいるのをチラッと見かけたことはあったのだが、へえ、そうかい。これで俺も一端《いっぱし》の棟梁になれらあ」

腕はよいのに、偏屈で自分の拘りがありすぎるから、仕事が遅いと敬遠されていたのだが、新たな作事を色々とできると、熊蔵は夢を見た。

「それにしても、よく描けてるなあ……」

感心する中間頭に、熊蔵は問い詰めるように聞いた。

「で、このお嬢様はご在宅ですかい。ぜひ話したいことがあるんでやす」

「あんたが？」

「へえ。あ、変な用事じゃありやせんよ。浅草広小路にある『木曾屋』っていう材木問屋の若旦那、八十吉さんに頼まれてのことです。へえ、普請《ふしん》請負問屋もやってますんで、あっしの雇い主みたいなもんです」

「一体、何の用だい」

「それは、当人でないと話せないことでして、へえ」

「俺だって中間頭だからなあ、直《じか》にお嬢様に会わせるという訳には……」

武家社会は上下関係が厳しいから、会いたい、ああそうですか、というわけにはいかないらしい。それでも、懸命に頼み込んでいると、たまさか家臣のひとりが門を通りかかったので、中間頭が頼んでくれた。

すると、中間部屋で半刻（約一時間）も待たされた挙げ句、ようやく招かれたのが裏庭で、縁側に立つ芳乃に用件を伝えることだけは許された。たとえ出入りの大工であっても、会話をすることも憚られるのである。

傍らには、女中の和枝《かずえ》もいた。

「実は、先日、ご先祖様への参拝の帰りのことですが……」

と八十吉から聞かされたことを話し、是非に一度、お目に掛かりたいと願っていると伝えた。町人ふぜいが、武家の娘に頼めることではないが、熊蔵は諳んじていた崇徳院の歌も披露して頑張った。

みるみるうちに、芳乃の表情が変化していき、嬉しそうな喜びに満ちた顔になり、

「ああ。探して頂いたのですね……これはこれは、なんとも……そうですか、浅

草の『木曾屋』の若旦那様でしたか……」

「へえ。そうなんです」

「何処か気品があって、賢そうだとお見受けしましたが……」

「え、そうですかねえ」

「こうして訪ねてきて下さった……これは、ほんにめでたいことです。ありがたいことでございまする」

芳乃は感極まった声になるや、控えている女中の和枝に向かって、

「ほら。私の言うたとおりではありませんか。必ずや再び会える。願いは叶ったのですぞ。和枝、喜べ。喜ぶのじゃ」

と楽しそうに振る舞った。

「——ありがとうございます……ほんに嬉しゅうぞんじます」

和枝は、素直に喜び、感極まったのか泣き始めた。

「では、八十吉さんに、会って下さるのですね」

熊蔵が念を押すように言うと、ふたりとも喜んで会いたいと答えた。早速、何処か料亭で宴席を持とうかと、熊蔵は提案したが、芳乃は意外にも、

「すぐにでも、うちに来て貰いたい」

と言った。

「もし話が進んで、祝言を挙げることになるなら、河野家の当主である父上に許しを得なければなりませぬからね」

「お気が早いですね……でも、善は急げと言いますし、お互いの気持ちが強いなら、生涯幸せになれるでやしょ。一目惚れとは実によいものですなあ」

と八十吉に言ったこととは、正反対のことを熊蔵は話した。

「では、さっそく、八十吉さんでしたね……を連れて来て下さいまし。それまでに、和枝……おまえも、たんとおめかしをしておかないとね。ささ、急いで、急いで」

明るいお姫様だなと思って見ていた熊蔵だが、一瞬、

——待てよ。

と頭の中が止まった。

「——ちょいと、お尋ねしやすが……」

「はい」

芳乃が振り返るのへ、熊蔵は問いかけた。

「あなた様が、お嬢様の芳乃様で、そちらの……、ふくよかなお方が、お女中で

ございやすよね」

「そうです」

「で……若旦那を見初《みそ》めたのは……」

「はい、この和枝です」

軽い目まいが、熊蔵に起こった。が、しっかりと確認しておきたいと、もう一度、同じことを訊いた。芳乃も和枝も、その通りだと繰り返して、ニコリと笑った。

「では……われても末に逢わんとぞ思う、と願ったのは、そちら……」

「――はい。お恥ずかしゅうございます」

と和枝は答えた。いつか必ず、またお目にかかれると信じ、楽しみにしていたので、幸せな気分だと、和枝は何度も言った。

熊蔵はおかしさを堪えながらも、なぜか八十吉に同情する気分も芽生えて、どうするか思案した結果、明日改めて来ると約束をしてから、その場を退散した。後で厄介事になったら面倒だから、熊蔵はすぐさま『木曾屋』に舞い戻って、

「若旦那。見つかりやしたぜ」

と話すと、飛び上がらんばかりに喜んだ。

「ほんとうかい、熊蔵さん。そりゃ、大手柄だ。それで、何処の誰です」

「その前に、本当に俺を大仕事の棟梁にして、仕事も増やしてくれやすね」

「約束すると言ったじゃないか」

「では、一筆書いて下さいやせんか。でないと、不安で……」

「ああ。いいともよ。『木曾屋』が一押しの棟梁にするから」

八十吉は帳場にて、サラサラと約定書を書いて、手渡した。熊蔵はそれを読んで、「へえ、確かに」と畳んで懐に仕舞うと、身を乗り出して聞く八十吉に、

「――河野周之亮《しゅうのすけ》というお旗本です」

「お旗本！」

「禄高二百石ではありますが」

「それでも旗本は旗本ではないか。で、会うてくれるのか……」

「へえ。先方も是非に、と」

「ほ、本当かい⁈」

大喜びする八十吉に、熊蔵は「ですが……」とまで言って、続きを言いそびれた。

「ですが、なんだね」

「――ですが、あっしは会わない方がいいと思いやす」

「どうして」

「その、つまり……やはり若旦那の勘違いというか、思い違いというか、早合点というか……とにかく、止めた方が……」

曖昧に何かを誤魔化そうとする熊蔵に、ハッキリ言ってくれと八十吉は迫った。

「本当は会いたがってなかったのかい。それなら、それでもいい。でも、せめて一目だけでもいいんですよ」

「いや、二目と見ない方が……」

「なんだよ、まったくッ。あ、もしかして熊蔵さん。あんた、私に妬いてるね。あまりにも美しい人に、私が惚れられて、嫉妬してるんだろう、このうッ」

「――なんだか、前にも聞いたような科白《せりふ》だが……」

熊蔵がどうしたものかと迷っていたときである。

「こんにちはッ。御免下さいまし」

張りのある声が店先でした。暖簾を割って、急《せ》き込んだように踏み込んできたのは、なんと和枝だった。

「私……来てしまいました……く、熊蔵さんから、あなた様のことを聞いて……

居ても立ってもいられなく、来てしまいました」

荒い息でじっと八十吉を見つめながら、和枝は、百年来の恋人に再会したかのように、嬉し涙で佇んでいた。

八十吉は「誰だよ」と口の中で呟いた。

四

半ば強引に店の奥にまで押し入ってきた和枝は、帳場で尻を浮かせている八十吉に、深々と頭を下げた。そして、少し乱れているうなじを整えながら、

「ついさっき、宿下がりを許されました。私も同じ思いです、八十吉様……瀬をはやみ岩にせかるる滝川のわれても末に逢わんとぞ思う……嬉しゅうございます」

「え……」

「やはり〝月の松〟を覗いて見ただけのことはありました。だって……だって、こうしてまた会えたのですから」

「ちょっと……」

「お殿様も良縁だと喜んで下さいました。私も丁度、宿下がりの二十八になります」

一旦、実家に帰る意味ではなく、奉公が終わることが本当の〝宿下がり〟だ。もちろん奉公の満期にならなくても、嫁に行ったり、親の面倒を見たりすることにより、女中を辞めることもよくあった。

「いや、あの……あのとき、たしか、もうひとり……」

「芳乃様ですね。お嬢様も大喜びして下さいました」

八十吉は少し安堵して、

「そうですか……喜んでくれましたか」

「ですから、こうして私……飛んで来たのです。今日からでも結構です。いきなり祝言だなんて、そんな大それたことは思っておりません。女中からでも結構です。ええ、河野家では、花嫁修業を積みましたから、なんなりと申しつけて下さいまし。若旦那様の好みどおりのお嫁さんになります」

一気に話す和枝の話を聞いているうちに、さすがに八十吉も、

——妙だな……。

と気づいてきた。自分が一目惚れしたのは芳乃という若くて美しい娘のはずだ

が、八十吉が好かれたのは、目の前にいる和枝という女中だったようだと。

「ちょ、ちょっと待って下さい……おい、熊さん、熊蔵さんや」

振り返って声をかけたとき、熊蔵の姿はもうなかった。

「あれ？　ど、どういうことだい」

「ふたりだけにして下さったのですわ。熊蔵さんは、河野家の屋敷でもたまに修繕をしていただきましたが、見かけによらず優しくて、気遣いのお人ですから」

微笑む和枝を見て、八十吉はどう返してよいか困惑した。そのとき、奥から文左衛門が出てきて、「お客さんかね？」と訊いた。途端、八十吉は首を横に振りながら、履き物を履くと、そのまま表に駆け出した。

「なんだねえ、まったく……」

文左衛門は何事かと不思議がっていると、和枝は丁寧に名乗って挨拶をしてから、すぐさま八十吉を追いかけた。

まさに逃げ出すように店から出た八十吉は、何処でもいいから離れようと思った。が、背後から、「八十吉様、八十吉様ア」と声を発しながら駆けてくる。豊かな体つきの割には走るのが速く、着物の裾を捲っている姿は勇ましい。しだいに間合いが短くなってきた。

う。

相手は武家女で、少なからず日頃から武芸の稽古などをして、足腰を鍛えている。しかも、旗本の姫の側女《そばめ》を務めていたほどだから、鍛錬していて当然であろう。

それに比べて、八十吉はろくに体など動かさないから、鈍《なま》りきっている。ほんの一町ばかり走っただけで息が切れた。

「よ、よせよ……」

立ち尽くした八十吉に、ズンズンと近づいてくる和枝は、まるで体当たりでもするかのように抱きついた。

「もう離れません」

「じょ、冗談じゃないよ……なんで、私がこんな目に……」

ぐらぐら揺れながらも必死に堪えている八十吉に、あちこちから声がかかった。

「若旦那。その人かい、崇徳院様てなあ」

「いやあ、見つかってよかったねえ。あちこち探した甲斐があったってもんだ」

「なかなかの器量よしじゃないか。若旦那に似合いだよ」

「羨ましいなあ、若旦那。俺たちにも幸せを分けてくれよう」

「嘘、嘘だろ……おい」

「これで若旦那も女遊びはお終い。年貢の納め時だアな」

「綺麗な嫁さん。一生、大切にするんだぜ」

などと飛んでくる声のひとつひとつに、和枝は頭を下げながら、

「八十吉様……嬉しい。みんな、ああして喜んでくれてる」

「からかわれてるんだよ。それも分からないのか、ええ？」

「だって、みんな笑顔ですよ。ほら、まるで町中に花が咲いたみたいに」

「だから、おかしくて笑ってんだよ。おまえを見て笑ってるんだよ。そうとしか思えないだろうッ」

思わず言った八十吉だが、小さな声で「すまん」と謝ってから、

「でも……人前だ。もっと離れてくれよ」

と路地に逃げ込んだ。

「あら、私としたことが。嬉しすぎて、ついはしゃいでしまいました」

すぐに追いかけてきて、殊勝に頭を下げる和枝に、八十吉は迷惑そうな顔を向けた。

「この際、ハッキリと言っておきますが、私が惚れたのは……芳乃というお嬢様の方だ。何がどうして、こうなっちまうんですか」

「えっ……そうだったんですか?」

ほんの少し翳りのある声になって、和枝はじっと八十吉を見つめた。

「――そんな目で見ないでくれよ。でも、ふつうに考えたら、分かるでしょうが。あの美しいお嬢様じゃなくて、なんで、あんたの方に惚れるんだよ。誰が見たって、あっちでしょうよ」

自分でも嫌になるくらいの険悪な顔になって、八十吉は罵った。

「私はね、ワカメとオカメは大嫌いなんだ。食えたもんじゃない。だから、勘違いだと諦めて、帰ってくれ」

言ってから、八十吉は我に返って、

「……すまん。でも、そんな落ち込んだ顔をしないでおくれよ。あんたにはあんたに相応しい男が必ずいるよ。なんたって旗本の御女中だし、よく見れば顔だって、そんなに悪くない……ああ、だから、そんな顔をするなって。私が泣かせているみたいじゃないか。人目だってあるんだから」

八十吉が言えば言うほど、和枝はショボンと落ち込んで、泣き出しそうになった。

「勘弁してくれよ……こんな所で泣くなよ……おい……」

「――分かってました」

「え……」

「もしかしたら、そうだろうなあってことくらい……探していたのはお嬢様の方だろうなって……でも、私は……袱紗をすぐに拾ってくれた、あなたの情け深い心に惚れました」

「落とし物をすりゃ、誰だって拾うよ。大袈裟だろ」

「いいえ。それだけじゃありません」

和枝の顔からは笑顔が消えかかっていたが、それでも必死に微笑みを作り、

「実は、あなたに、何度も会ってるんです、色々な所で……例えば、浅草奥山の芝居小屋、駒形のどじょう屋、隅田川の花火、両国広小路の見世物小屋、深川の料亭、他にも向島や飛鳥山の花見……」

「そうなの？」

「芳乃様はよくお忍びで……私はもちろんただの付き添いですが」

「……」

「色々な所で見かけたあなたは、たしかに若旦那らしく、長屋の人たちに大盤振る舞いをして、いい気になってるように見えました。でも、本当は違うんです」

「何が違うんだよ」

「私、見てたんです……本当に困った人や可哀想な人に、心付けをしてたのを……あるときなんか、深川のお女郎が逃げて咎められたのを、ポンとお金を出して逃がしてあげた。別のときは、行き倒れの人に温かい蕎麦を食べさせた上に、当面の金だと恵んであげた」

「……」

「幾らお金持ちでも、そんなこと、なかなかできるもんじゃありません……芳乃様も、そのことは気づいてました……『あの方、誰かしらね。ああいう人の所に、和枝もお嫁に行ければいいわねえ』って、よく話して下さいました」

しだいに、しんみりした顔になった和枝は、自分の身の上話まで始めた。

決して豊かな家の出ではなく、口減らし同然に河野家に入ったという。だが、お陰で食い扶持が貰えただけではなく、学問や武芸もさせてくれ、女として花嫁修業もできた。

「殿様には本当に感謝してます。私を女中頭にしてくれたのは、武芸が好きだったことと、この顔です」

「顔……？」

「お嬢様が益々、引き立つでございましょ」

と言って、和枝はクッと笑った。

「それは半分、冗談ですが、ほんにお嬢様は美しい。旗本の娘として生まれ、何不自由なく育ち、頭もよろしくて美しい。もちろん気性もとってもいいので、同じ女として羨ましい」

「だろうな……」

「ですが、私が密かに、何処の何方かは分からなかったけれど、あなたに惚れたことを伝えたら、芳乃様は喜んでくれました。ですから、巡り会えたときは、本当に嬉しゅうございました」

「……」

「芳乃様は、私の気持ちを伝えたくて、あのような歌を書いて下さったのです」

憂いのある目を向ける和枝に、八十吉は今度はしっかりと見つめ返して、

「ひとつだけ訊きたい……その芳乃様は私のことは……」

「何とも思っていらっしゃいません。ただ、いい人だってことは、承知してます。だからこそ、先程も言ったように、私たちのことを喜んで下さいました」

「――そうなのかい……分かったから、もう帰ってくれ……」

八十吉が言うと、和枝は首を振って、

「だって私……もう帰る所がありません……本当に、宿下がりして……」

「……」

「どうかどうか、女中でも構いません。八十吉様の側に……『木曾屋』に居させて下さい」

「だったら親父に頼めばいい」

八十吉は力なく言うと、路地の方へ、ふらふら歩いていった。

「八十吉様、いずこへ……」

「ほっといてくれ……」

そのまま八十吉は消え、残された和枝は茫然と立ち尽くしていた。

五

その日から、プッツリと八十吉は姿を消した。二、三日どころか、何処か遠くまで旅に出たのかと思われるほどの日数が経った。

最初、文左衛門は探すどころか、またぞろ遊び廻っているのだろうと思っていた。が、さすがに十日余りも居所が分からないとなると、何か事件に巻き込まれたのではないかと、心配になってきていた頃だった。

ちらほらと粉雪が降り始めた夜である。

ぶらりと駒形そこつ長屋に、八十吉が姿を現した。この寒さの中、羽織もなく、何処の物乞いかと思えるほど薄汚れた格好だった。無精髭に、髷も見《み》窄《すぼ》らしく解《ほど》けかかっていた。

人の気配に表戸を開けた寅右衛門は、思わず懐かしそうな声で、

「おう、八十吉。無事であったか。みな案じておったのだぞ」

「——寒い……とにかく、入れてくれ」

八十吉は寅右衛門の部屋に入ると、火鉢を抱きかかえるように暖を取った。

「みなに報せてこよう。安堵するに違いあるまい」

「いいよ、そんなこと……元はといえば、寅右衛門の旦那。あんたのせいだからね」

「身共のせい？」

「あれだけ黙っててくれと言ったのに、みんなに話しやがって。お陰でこっちは……へ、へ、ヘクション！」

大きなクシャミをした。しかも、十発くらい連続でしたので、長屋の連中がみんなして駆けつけてきた。寅右衛門が風邪でも引いたのかと心配してのことだが、

「なんでえ、若旦那か……」

と言って帰りかけた熊蔵が振り返った。

「あッ、若旦那じゃねえか。なんで、こんなとこに。みんな探してたんだぜ。人騒がせもいい加減にしてくれよ」

「そうだよ。俺なんざ、毎日、江戸中を探し廻ってよう」

廻り髪結の源次が言うと、仕事師の伸太も身を乗り出して、

「俺なんかよ、江戸どころか、房州や上州、相州と、おまえと縁がありそうなところを、足を棒にして探したんだぜ、おい」

と恩着せがましく言った。すると、岡っ引の平七も心配そうな顔で、

「もしかしたら、タチの悪い連中に殺されたんじゃねえかって、町奉行所を挙げて探してたんだからな。感謝しろい」

「そうよ。私もお百度、踏んでたんだから」

お静までが神妙な顔つきになった。

だが、八十吉は申し訳ないの一言もなく、ただ「嘘つけ」と吐き捨てて、長屋

の連中の顔を見廻した。

「どいつもこいつも心配したふりして、なんでぇ……それとも、見つけたら賞金を出すとでも、親父が言ったか……あのケチが、そんなことするわけがないか」

「どうしちゃったのよ、若旦那ア」

本当に心配したように、お静は八十吉の顔を覗き込んだ。

「私はねえ、ずっと、この辺りにいたんだよ。私のことを探すどころか、誰も心配もしてなかったのは百も承知だ。熊蔵さんも源次さんも平七親分も、そして伸太、おまえもケツを掻きながらゴロゴロしてただけじゃねえか」

「なんだ、その言い草は……」

熊蔵が意見のひとつもしようとすると、

「もういいよ……みんな私のことなんか、どうでもいいと思ってるんだ」

「そんなことないわよ。私だって本当に心配してたんだから」

殊勝なことを言うお静を、八十吉は振り返って、

「だったら、お静ちゃん……私と一緒になってくれよ。夫婦になってくれよ」

「――なに、いきなり……」

「お静ちゃんが私につれないから、私は他の女に心が傾いたんだ」

「違うよ、あっちの崇徳院だよ……もう、なんだか分からなくなってきたよ……とにかく、私は家に帰りたくない。帰りたくないんだよ」

　わあわあと突然、子供のように泣き出す八十吉を、泣きたいだけ泣かせておいてから、寅右衛門が話しかけた。

「有り体に申してみよ」

「だって、家には、あの女が入り込んで、ずっと居続けてるんだ」

「あの女とは」

「和枝という女中に決まってるじゃないか。みんな、もう知ってるんだろう?」

　いじけたように八十吉が言うと、寅右衛門はコクリと頷いて、

「さよう。身共も何度か訪ねたが、すっかり店の者たちに溶けこんでおったぞ。むろん、おまえの帰りも待ちわびておる」

「溶けこんでる……冗談じゃねえや。あんな女がいる所になんか、帰りたくねえ」

「そう言わずに、まずは親父殿に顔を見せたらどうだ。海には鮫がおり、山には熊がおる。ほんに心配してたぞ」

「海にも山にも行ってねえやい」

「とにかく一度、帰るがよい。いつまでも、かようなことをしておっても、物事は何も解決はせぬぞ。よいな」

「何を、そんな……」

火鉢の前に、背中を丸めたまま、まだいじけている。

寅右衛門はその前にキチンと座り、

「よいか、八十吉。おぬしは常日頃から、親父殿は吝嗇家で、一文の無駄もせぬ卑しい人間だと言うておるが、陰では実に立派なことをしておる。困った人々には、援助を惜しまぬ」

「それも人の評判を気にしてのことですよ」

「だとしても立派ではないか。商人が稼ぐのは、世の中をよくするためだと文左衛門はいつも言うておる。目の前の者を助けるのが、人としての務めだともな」

「……」

「陰徳を積むとは、そういうことだ。おぬしもまた、その親父殿の教えを引き継いでおるではないか。知らず知らずのうちに身についていたのだ」

「煽《おだ》てたって、何も出ないよ」

「和枝が言うておったぞ。おぬしは人の見えぬところで、数々の善行をしてるとな。本当はいい奴なのだな、八十吉は」

寅右衛門が優しく言葉をかけると、八十吉は顔を背けたまま、

「人助けも道楽のひとつですよ」

「よいことではないか。さすがは『木曾屋』の跡取り。人助けが道楽とは、あまりにも立派な御仁でござるな」

「なんだよ、もう……」

「何を喜ぶかで、人の値打ちは決まる。おぬしは、人助けを喜ぶのだ。そのおぬしの心根に、和枝は心底、惚れたのだ」

「……」

「人を見かけで判断するのは、一番の間違いだ。もし、和枝が見かけで判断するような女なら、おまえになんぞ惚れるものか」

「ひ、酷い言い方じゃないか、寅右衛門の旦那……」

「だが、おまえは大きな間違いを犯しておる。違うか？　まずはその目で、篤《とく》と和枝を見てみるがよい。逃げてばかりではダメだ。その上で、嫌なら嫌だとハッキリと伝えるがよかろう。それが人としての道だ」

「──出たよ、人としての道が……」

そう言いながらも、長屋の連中も取り囲んで見ているので、八十吉は仕方なく、受け入れるしかなかった。

この日は、寅右衛門の部屋に隠れるようにして泊まり、翌朝、湯屋で一番風呂に入って、源次に髪を整えて貰い、伸太から着物を借りた。そして、何か揉め事があってはならぬと心配した平七と一緒に『木曾屋』に帰った。

店先には大勢の取引先の人たちが集まっており、中からは陽気な笑い声がワアワアと聞こえている。

何事かと八十吉は思ったが、平七は当然のように、

「今日も朝から陽気でいいじゃねえか。和枝さんが来てからってもの、番頭や手代らもなんだか知らねえが活き活きしてるしよ、お客さんも、和枝さんの話が面白いって、ああやって楽しそうに」

「……」

「商いは楽しくなきゃいけねえってんで、旦那さんまでが、これまでのしんねりむっつりした面から、笑い顔になってる。ドケチの文左衛門といわれてたのとはえらい変わり様だ」

「何か裏があるんだろうよ……私だってバカじゃない。金目当てで、私に近づいてくる輩はゴマンと見てきた。あの女だって……」

と悪口を言う八十吉の腕を平七が引っ張って、店の中へ入れようとしたときである。

ぶらりと表通りを歩いてきた遊び人風が三人ばかり、

「若旦那。おはようござんす」

と八十吉を呼び止めた。中でも兄貴格の男は一際背が高く、人を睥睨する目つきはカミソリのように鋭かった。

「賭場で貸したお金を、返して貰いに参りました。ご覧のように、しめて百両」

兄貴格が借用書を見せつけた。

「ひゃ、百両?! 私は十両ばかり、借りただけで……」

「お宅も商売をしてるなら、分かるでしょ。借金には利子ってもんがつきやすぜ」

脅すように迫ったとき、平七が中に割り込んで十手を突き付けた。

「駒形の平七とは俺のことだ。賭場の開帳じたいが御法度だが、借金のことだとしても法外な利子だな」

「関わりねえ奴はすっこんでな」

「そうはいかねえなあ。俺はてめえらみたいな阿漕な奴らが、どうでも好きになれなくてな。ちょいと番屋まで来て貰おうか」

と言った次の瞬間、平七は他のふたりに引っ摑まれて殴る蹴るされ、あっという間に、その場で気絶した。

うわっ――と逃げようとした八十吉の後ろ襟を、兄貴格はむんずと摑んだ。

六

八十吉の悲鳴が轟き、店先の大騒ぎに気づいて、『木曾屋』に来ていた商人たちは、恐る恐る散っていった。

何事かと表に出てきた和枝は、驚いて、八十吉に駆け寄った。当の八十吉は情けない声で、「あ、わわわ……あわ……」と泣き出しそうだった。

「何があったのですか、旦那様」

和枝が声をかけても、ならず者たちに、八十吉は引きずられるばかりであった。

兄貴格が怖い顔で和枝を見下ろして、

「こいつが、借金を踏み倒そうとするから、少々、焼きを入れてやってんだよ。おめえはなんだ、女中じゃ話にならねえ。主人を呼んでこい、主人を」

「借金とは、何の借金です」

「賭場で少々な……家に帰れない事情があるからって、寝泊まり賃も入れて、百両ピッタリ。耳を揃えて……」

「いいえ、払えません。年利一割六分が法で定められた利息ですから、所定の手続きにてお支払いしますので、店の中へどうぞ」

「なんだ、てめえ」

「疚《やま》しくないのなら、さあどうぞ」

「誰だと聞いてるんだ」

摑みかかろうとすると、八十吉は必死に止めて、

「よしなさい。女に手を出したら……」

「出したら、なんだ」

「許しませんよ」

「面白い。どう許さねえんだ」

兄貴格が人を食った表情をし、他のふたりが今度は八十吉を殴る蹴るし始めた。

次の瞬間、スッと前に出た和枝は思い切り、弟分たちに往復ビンタを浴びせて突き飛ばした。

「この女《あま》ア！」

凶悪に顔を歪めた兄貴格が、和枝に殴りかかろうとしたが、和枝はその腕をむんずと摑むなり、柔術で投げ倒した。したたか背中を打ちつけた兄貴格は、息ができなくなった。

ほんの一瞬の出来事に、周りで見ていた野次馬たちも驚いた。

「これ以上、私の旦那様を虐めると、許しませんよ」

毅然と言ってのけた和枝を見ながら、遊び人たちはゆっくり立ち上がった。兄貴格は背中の痛みに耐えながら、

「私の旦那様……ハハ、若旦那……町で噂の崇徳院とはこいつのことか……ハハハ。こりゃ、お笑い種《ぐさ》だ……せいぜいお幸せになるこってすなあ。アハハハ」

と侮辱したように笑いながら立ち去った。

「大丈夫ですか、旦那様……」

和枝が体を支えようとすると、

「あ、いや……いいよ、もう……」

と八十吉はふらふらと店に入ろうとした。そこへ、文左衛門が出てきて、

「何処のどなたですかな？」

と訊いた。

「親父……勘弁してくれよ、もう」

「はて。私のことを、親父なんて呼ぶ倅なんぞ、おりませんがねえ」

文左衛門は和枝の肩にそっと手を置いて、

「この和枝さんを養子にして、誰か利口で誠実な若い衆を婿に迎え、跡継ぎにしようかと考えてるんだ」

「……」

「見なさい。なかなかの器量よしだ。体もふくよかで、よい子を生みそうだ。頭の巡りも早く、今し方見せたように腕っ節も凄いし、肝も据わっている。商売のことは知らないとはいえ、算盤や帳簿は女中の頃から得意だったらしく、これだけの取引先の人を惹きつける女……いや、人としての魅力もある。まさに店を繁盛させる、福招きじゃ」

文左衛門は息子を勘当して、和枝を養子にする考えが、本気であることを番頭や手代たちにも伝えているという。

「私はね、和枝さんを初めて見たときから、気に入りましたよ。おまえには無下にされたそうだが、ええ、一目で分かりましたね。この女子《おなご》は生中《なまなか》な苦労はしていない。芯もしっかりしていて、男を支えられる。これまで何百、いや何千の人を見てきましたが、これほどの人はいない」

「……」

「八十吉……おまえが和枝さんを、そこまで毛嫌いするのなら、今言ったとおりに、私はするよ。構いませんね」

引導を渡すように文左衛門が言うと、和枝はすっと離れて、キチンと向き直った。

「大旦那様。私は、八十吉さんと夫婦になりたいのです。他の誰かと一緒になって、このお店《たな》を継ごうという気は更々、ありません。八十吉さんなら……八十吉さんとだからこそ、私は幸せになれるんです」

「和枝さん、あんた……では、こいつが物乞いみたいな暮らしになっても、それでもついていくというのかね」

「もちろんです。私は『木曾屋』の嫁になりたいんじゃないのです。八十吉さんと生涯、たった一度の人生を、共に過ごしたいのです」

「――そこまで、倅のことを……」

文左衛門は感極まって、呆然と突っ立っている八十吉を見た。

「どうじゃ、この和枝さんの思いを……おまえはどう考えておるのだ」

「……」

「こうなれば私も意地がある。店を繁盛させるためには、どうしても和枝さんが欲しい。こんな立派ないい女を、ダメで情けない八十吉なんぞにやってなるものか。私は、是が非でも、和枝さんを幸せにしてやりたい」

「大旦那様……」

和枝が困惑したような顔になっても、文左衛門は何度も頷きながら、

「もうよい、もうよい……おまえさんの気持ちはよく分かった……だからこそ、捨て置くわけにはいかないのだ」

と言った。が、和枝も一歩も引かず、

「私にも言わせて下さいまし。人はイザというとき、とっさのときにどうするかが、その人の本心、本性だといいます……先程、ならず者が私に摑みかかろうとしたとき、八十吉さんはとっさに止めました。そして、『許さない』と言いました……それが八十吉さんなんです。そういうお人なんです……」

と心情を溢れさせながら、切々と八十吉の良さを訴え続けるのであった。

かくして――。

八十吉と和枝は、めでたく祝言を挙げることになった。

情にほだされた形になったが、八十吉とて和枝のことを良い人間だと思っている。見かけは好みとは違っても、しばらく暮らしてみると、意外とウマが合った。

祝言の席では、寅右衛門が『高砂』を歌うことになった。謡曲や舞を殿様として仕込まれただけあって、格調高い宴席となった。

旗本の河野家からも立派な酒樽が届いており、鏡開きをしたふたりには、いつまでも福がついて廻るような雰囲気が漂っていた。ただ、芳乃の姿はなかった。

宴もたけなわになったとき、

「――一目だけでいいから、会いたかったたな……」

ポツリと八十吉が言うと、雛壇で横に座っている和枝が、

「え……？」

と振り向いた。角隠しが少し揺れたので、八十吉は思わず、もしかしたら、とんでもない角があるのではないかと勘繰った。

「なあに」

「いや……幸せだなあと思ってね」

「私も」

ニッコリ笑う花嫁の顔が、八十吉には少し奇妙に感じられた。もしかしたら、親父と和枝は意気が通じているから、一芝居打ったのではないか、勘当をちらつかせて、強引に嫁にしたのではないかとすら思った。

「考えすぎだよ、若旦那」

心中を見抜いているかのように、いつもの伸太、熊蔵、源次、平七らが集まって、八十吉を取り囲んだ。

「いい嫁さんを貰ったな。これで『木曾屋』は安泰」

「割れ鍋に綴じ蓋とはよく言ったもんだ」

「さすがは崇徳院。おまえ、なかなか女を見る目があるな。ただ、遊んでただけじゃないってことだな」

「これで、若旦那の放蕩も収まるってことか」

「でもよ、それは淋しい」

「ああ、俺たちは、これからも酒を奢って貰わなきゃ困る」

「うちの長屋のことも末永く宜しく、地主さん」

などと、どこまで本気なのか、好き勝手なことを次々と喋り続けた。しまいには、お静も近づいてきて、

「しょっちゅう会ってたら、われても末に逢わんとぞ思う……じゃなくなるから、まだまだ期待していいんじゃないの。一生は長いもんですよ、若旦那」

と意味深長なことを、からかうように言った。

「お静……私は本当はな、おまえのことが……」

言いかけて、八十吉はやめた。そして、ワイワイガヤガヤと盛り上がっている祝言の宴席を眺めながら、

——ささやかな幸せとは、最も身近にあるのかもしれないな。

と心から思った。

並んで座っている和枝の横顔をじっと見ていると、また振り向いた。和枝はニッコリと嬉しそうに微笑みかけたが、八十吉は曖昧な笑みを浮かべて、

——瀬をはやみ岩にせかるる滝川の……

の歌を思い出していた。

そして、このように大勢の人々に祝福されることは、有り難かった。ふたりを巡り合わせたご先祖様に、改めて感謝する八十吉だった。

「さあ！　飲め飲め、飲めや、歌えや！」

駒形そこつ長屋の連中に煽てられて、新郎の八十吉が、泥鰌掬《どじょうすく》いを踊らされるまで、賑やかな宴は続いた。

第五話　ねずみの墓穴

一

ザックザックと雪を踏みしめながら、暮れなずむ町を歩く男がいた。一歩一歩続く足跡が、男の歩いてきた道である。

番傘をさしているが、横から吹きつける風と相まって、湿った雪が男の体に張りついていた。黒い羽織が白い模様で斑《まだら》となるのも構わず、目を真っ直ぐ前に向け、獲物を狙うような気迫があった。

武芸者のような屈強な体つきであるが、商人であることは間違いなく、町人髷もすっかり雪で白くなっていた。

立ち止まって、傘を畳んだのは、『米問屋　加納屋』という軒看板の下だった。

もう客足が途絶えた頃だからか、雪のせいか、店は暖簾を降ろし、表戸を閉めるところであった。のっそりと現れた偉丈夫の男の影に、小柄な番頭の麻兵衛《あさべえ》が振り返った。

「――もしや、竹次郎《たけじろう》……さんでは？」

麻兵衛が問いかけると、大柄な男はニコリともせずに冷たい声で、

「よく覚えていてくれたね。あんたはたしか、麻兵衛さん」

「はい。昨年、前の番頭さんが年季でお辞めになったので、今は私が」

「それは立派になられた。十年一昔というが、変わるものですな」

「いえ、竹次郎さんこそ、ご立派に……ええ。旦那様とは、あなたのことを、しょっちゅう話してますよ」

「私のことを？」

「それはもう。深川じゃ知らない人はいないほどの、凄い商人《あきんど》におなりになったと」

「凄い商人ねえ……凄さじゃ、兄貴には到底、敵《かな》いませんよ」

皮肉っぽく口を歪めると、兄を訪ねてきたと伝えた。麻兵衛は丁寧に店の中に招き入れ、手拭いで雪で濡れた着物を拭きながら、手代に主人を呼ぶように命じ

た。

声をかけるまでもなく、奥から足早に恰幅の良い主人の松左衛門《まつざえもん》が現れた。目尻を下げて、好々爺のように笑いながら、懐かしそうに、いきなり竹次郎の手を握りしめた。

「これはこれは、竹次郎……元気だったかい。わざわざよく来てくれた」

「ご無沙汰ばかりで申し訳ありません」

「無沙汰は互いのことだよ。さあ、こっちへ……しかも、こんな寒い日にわざわざ、さあ上がっとくれ」

「いえ、今日は……」

「何を遠慮してるんだね。実は夕餉《ゆうげ》でもどうかと思って、家の者に作らせてるんだよ」

「え……？」

「ほら、麻兵衛。言ったとおりだろ。昨夜《ゆうべ》見たのは正夢だったんだ。ああ、竹次郎、おまえが訪ねて来る夢をね」

番頭に目を向ける松左衛門に、麻兵衛も「そうでしたね」と嬉しそうに頷いた。

あまりにも歓待される雰囲気なので、却って竹次郎は身構えた。

十年前の仕打ちが仕打ちだったから、何かまた企みでもあるのではないかと、勘繰ったのである。

「本当に今日は、ここで結構でございます。兄貴も相変わらず壮健そうで、大変ようございました。顔を見ることができただけで嬉しゅうございます」

「変わらないもんかね。この髷や鬢《びん》には白いものばかりだ。雪じゃないからね……ささ。他人行儀な挨拶は抜きだ。上がったり、上がったりイ」

半ば無理矢理、握ったままの手を引っ張った。ぐらっと傾いた竹次郎は、松左衛門の体にぶつかりそうになったので、必死に踏ん張って、体勢を保った。

「ガキの頃から、力持ちのおまえだったが、今も益々、強そうだな。あはは。愉快な夜になりそうだ。さあさあ」

楽しそうな松左衛門に比べて、竹次郎は通夜にでも来たような顔つきのままだった。

奥の座敷に通されると、ぷうんと美味そうな匂いが漂っていた。スッポン鍋を仕立てていたようで、座卓を取り囲んで座れるように準備がしてあり、茶碗や皿、酒徳利などが並べられてあった。

先客がひとりだけいて、ニコリと竹次郎に微笑みかけた。

その先客とは、与多寅右衛門であった。

竹次郎よりもっと偉丈夫で、いかにも堂々としており、羽織袴姿で上座に座っているので、どこぞの旗本か藩の殿様に見えた。少し驚いて見ていると、

「この御仁は、与多寅右衛門様だ。今、丁度、面白い話を聞いておったのだ。実は、さる越後の殿様……ではなくて、その影武者をしていた頃のことでな。実に痛快で、腹がよじれそうだった。あはは」

と松左衛門が説明をした。

――なんだ、そういうことか。俺に夕餉を用意していたのではないではないか。調子の良いところも、昔とちっとも変わっていない。いや、子供の頃から、そうだ。

そう思った竹次郎は、家に上がるのではなかったと悔やんだ。

「客人がおられるのなら、そう言って下さればよかったのに……これは不調法なことで、申し訳ありません」

竹次郎は寅右衛門に頭を下げると、すぐに失礼すると言って、懐から袱紗を取り出した。そして、スッと松左衛門の前に置き、

「十年前に借りた金でございます。わずかばかりですが、利子をつけて、お返し

いたしますので、どうかお受け取り下さい」

と丁寧に言った。

松左衛門は少し酒が入っているのか、ニコニコと笑いながら、

「なんだねえ。兄弟で金の貸し借りなんか、どうでも……」

「いいえ。兄弟は他人の始まりと言います。せめて金のことはキチンとしておかないと、と思いましてね。その節は、本当にありがとうございました」

慇懃に頭を下げる竹次郎を無視するように、松左衛門は寅右衛門に言った。

「ね、こういう奴なんですよ。弟ながら、本当に立派になったと、私は……私は涙が出るくらい感激してるんですよ」

笑顔から俄に涙顔になった松左衛門を、竹次郎は、わざとらしいと見ていた。

――ふん。何を考えてるのやら……。

ほとんど表情を変えない竹次郎に、寅右衛門が声をかけた。

「今夜、竹次郎さんが来ると言うて、松左衛門さんは、こうして待っていたのだ。どうして分かったのか、身共には不思議だったが、兄弟というものは、心が繋がっているのかのう」

「……」

「身共は親も知らぬ天涯孤独の身ゆえ、そういう感じはまったく分からぬが、ほんに兄弟とはよいものよのう」

「あの……この御方は……」

あまりにも松左衛門とは不釣り合いな人物なので、竹次郎は思わず訊いた。

「言ったではないか。さる藩の殿様の……」

「それは聞きましたが」

「助けてくれたのだ。商いをしていると、無理難題を押しつけてきては、言いがかりをつける輩が多い。刀にものを言わせる浪人の類もな」

「……」

「しかも、先日は、うちに借金のある御家人が徒党を組んで押し寄せてきてな。逆恨みされて、まるで押し込みか野盗のように、店の中で大暴れして、米や金を攫って行こうとしたのだ」

「そんなことが……」

「折良く、店の前を通りかかってくれた寅右衛門様が、その不逞の輩を、華麗な剣捌《さば》きで、見事追っ払ってくれたのだ」

松左衛門は盃を傾けながら、

「いやいや、この御仁が助けに入ってくれなかったら、私も今頃は、バッサリ斬られていたかもしれない。命の恩人なんだ」

　と実に嬉しそうに話した。

　だが、竹次郎の方は、胡散臭そうな目をして、寅右衛門を見た。影武者という話など嘘くさいし、この侍も野盗のような連中の仲間ではないのかと疑った。それでも、

「さようですか……それはよかった……」

　と言ってから、改めて袱紗を松左衛門の前に差し出し、

「貸して下さった金のお陰で、私もなんとか糊口を凌げ、商売の糸口が見つかりました。この十年、何とか頑張ることができたのも、兄貴のお陰です」

「そうかい、そうかい……」

「今は、深川蛤町で、小さな油問屋ではありますが、奉公人も五人ほど雇うことができ、女房も貰って、七つになる娘もおります」

「ああ。嬉しいよ。本当に嬉しい」

「……」

「私は結局、商い商いで嫁を貰うのも逸して、未だに独り身だ。奉公人が何十人

いようが、やはり家族がおらぬのは淋しいものだ……おまえの娘にも会ってみたいものだ。さぞ可愛いだろうなあ……」

松左衛門は袱紗を受け取って、戸棚にしまおうとした。それを見ていた竹次郎は、いきなり声を強めて、

「中身を確かめてくれませんか。間違っていたら困りますので」

「えっ……」

「どうぞ。お確かめを……金の貸し借りは、兄弟でもキチンとしなければ、と教えてくれたのは、兄貴ですから」

「――そうだね……そうだったねえ」

袱紗をゆっくり開けると、中には、二両と三文が入っていた。

「こんなに……」

少し驚いた目を竹次郎に向けた松左衛門の顔を、端から寅右衛門も見ていた。

「私が貸したのは、三文だったはず……この二両は……」

「十年の利子とお思い下さい。あの三文がなければ、今の私はありませんから」

皮肉を込めた言い草の竹次郎だったが、松左衛門は軽く受け流し、

「十年で利子が二両……貸した金の、ざっと二千六百倍が利子にねえ……はは。

私は米問屋ゆえに、少々、金貸しの真似事もしてはいるが、こんなになるとは大儲けだわい」

「――では、私はこれで……」

竹次郎はサッと立ち上がった。用が済んだのだから、もう帰るという強い意思があった。そして、二度と会わないという嫌悪を抱いた態度でもあった。

「ま、待ってくれ。竹次郎……」

しがみつくように、松左衛門は呼び止めた。

「おまえが十年前に、私に金を無心にきたのも、こんな雪の日だったねえ」

「……」

「でも、私は茶の一杯も出さず、たった三文だけの金を渡して、追い返してしまった。そのことを、ずっと悔いてたんだ。けど、あの時は、その方がおまえのためになると思ったんだ。だから私は……すまぬ」

涙ぐんで両手をつく松左衛門を、じっと冷ややかに見ていた竹次郎は、

「手を上げて下さい。私は怨み言を言いにきたんじゃありません。本当に御礼を述べたくて来ただけです。本当に、ありがとうございました。この御恩は一生忘れません」

キッパリと言って立ち上がると、竹次郎は振り返りもせずに座敷を離れ、店から出ていった。

「ご主人……このまま帰してよいのか」

寅右衛門が気遣って言ったが、松左衛門は黙って頷いて、

「――寅右衛門様……すっかり鍋が煮詰まってしまって……申し訳ありません」

と謝るだけであった。

外はすっかり暗くなっており、雪が強くなっていた。竹次郎が店に来たときの足跡もすっかり消えて、雪の闇が音もなく広がっていくばかりであった。

二

正月を迎えるための松飾りが、町中の商家の店先や長屋の木戸口などに、ズラリと飾られていた。

大晦日は、雪がちらほら降り出していた。

「冷え込んできましたねえ……」

という声が、あちこちで聞こえていた。商人にとっては書き入れ時であるから、

雪道は少々厄介だった。

深川蛤町は油堀西、横川に面している通りに、油問屋『福田屋』はあった。ここが、竹次郎の店である。

蛤町は慶長元年に開墾された海辺新田町のひとつで、三代将軍徳川家光が鷹狩りをした折、漁師が蛤を献上したことで、この町名がついたとされる。今は、この町には蛤は揚がらないが、すぐ近くの洲崎の浜にいけば、浅蜊とともによく採れる。

竹次郎は蛤の潮汁が好きで、味噌汁よりも食することが多い。

今朝も暗いうちに起きて、女房のお絹《きぬ》が炊いた白いご飯と佃煮と漬け物、そして潮汁で腹を満たしてから、売掛金を貰うために、町中を駆けめぐらねばならなかった。

番頭も手代もまだ若い。だから、店の中が明るくて元気だ。

油売りが成功したのは、竹次郎が〝置き油壺〟という仕組みを考え出したからである。置き薬と同じように、赤い壺を長屋の木戸口や商家の店内、食べ物屋の厨房の裏手などに置いて貰い、減った分だけ足していくという方法である。

足りなくなって急に買いに走る心配がなく、油が切れることがないので、取引先は安心して自分の商売に専念できる。どれだけの分量が減って、何升くらい足したかは、その都度、相手と自分の帳面につけておき、後で、精算するのである。

大きな米問屋や呉服問屋などは、盆暮れの書き入れ時だけが勝負だが、竹次郎のような小商いは月に一度は金を貰わないと、到底、立ちゆかない。だから、毎月、忙しいのだが、年末は輪を掛けて慌ただしい。

「お絹！　後は頼んだぜ！」

景気の良い声を発して、竹次郎は店を飛び出していった。

年末年始だから、油を買い溜めに来る人々もいる。店内の手代たちも、日頃に増して、大忙しだった。

その昼下がり——。

寅右衛門が訪ねてきた。活気溢れる店の様子を見て、先日、『加納屋』で見せた自信満々の竹次郎の姿が、本物であることを、寅右衛門は納得した。

「あのお客様、今日はもう量り売りは……」

帳場を立ったお絹が、丁重に断ろうとすると、寅右衛門は微笑んで、

「そうではない。竹次郎さんに会いたくて参ったのだが」

「あいにく留守にしておりますが、お武家様は……」

お絹は細身ではあるが芯の強そうな目をしており、誠実で真面目そうな、いかにも商人の夫を裏で支えているという女だった。

「浅草の米問屋『加納屋』に世話になっている与多寅右衛門だ」

「ああ、お兄さんの」

「先日、店で会うたのだが、なかなか立派な商人であるな」

「亭主をそのように褒めて下さり、ありがとうございます」

「そこもとが、内儀か」

「あ、はい……で、御用向きは……」

「実は、松左衛門殿から預かり物があってな。こうして届けに来た」

寅右衛門は袱紗を渡した。先日、竹次郎が借りた金と利子の二両を持参したときのものである。お絹は一目で分かったが、受け取ったとき、あまりの大きさとズッシリとした重さに驚いた。

思わず開けてみると、切餅がふたつ。つまり五十両も入っていた。お絹はさらに驚愕して、思わず返そうとした。

「あの、これは……」

「正月の祝いだ。この前は、十年ぶりの再会ができてよかった。これからも、よ

ろしくとのことだ。兄弟仲良く、共に商売に励むがよい。身共もそう願ってお
る」
あまりにも堂々としている寅右衛門の態度と言葉遣いに、お絹は却って戸惑っ
た。
「は、はい……でも、あの……」
「なんじゃ」
「本当に、これは……」
「さよう。松左衛門殿も大晦日は忙しいゆえな、年が明けたら、また改めて会い
に来たいと申しておった。では、これにて」
微笑みかけて立ち去ろうとする寅右衛門に、お絹は待って下さいと呼び止め、
「ご迷惑かもしれませんが、ぜひ、お茶でも如何でしょうか。お兄様のお使いの
方を、このままお帰しするのは……それに、お兄さんのことも少し、お聞きしと
う存じます」
と真剣な眼差しになった。竹次郎が先日の夜のことを、きちんと話していない
ことは、寅右衛門には容易に想像ができた。
「どうか、お願い申し上げます」

切実な表情になるお絹に、寅右衛門は応えることにした。

奥座敷といっても、『加納屋』のような庭のあるような広々とした部屋ではなく、家人と奉公人が住まう、ギリギリの広さであった。贅沢な箪笥《たんす》や屏風の類はなく、襖も名のある絵師のものではない、どこにでもある柄だった。

自ら茶を差しだしたお絹は、改めて挨拶をしてから、竹次郎が松左衛門に会ったときの様子を訊いた。寅右衛門は見たままのことを話したが、お絹は何となく納得をしていない様子で、

「本当に、仲が戻ったのでしょうか」

「少なくとも、松左衛門殿の方はそう思っておる。竹次郎殿が帰った後も、身共には幼い頃の思い出や若い頃に辛く当たったことなどを、涙ながらに話しておった」

「そうでしたか……」

「内儀には何も話しておらぬのか」

「相変わらず冷たい男、だとしか……」

「そこもとの亭主はたしかに顔つきはきつかったが、きちんと借りた金を返した上で、その節は世話になったと礼を言うておったがな……あれは本心ではなかっ

たということかな」

寅右衛門が穏やかな目で尋ねると、お絹はその人柄がすぐに分かったのか、素直に頷いて、ポツリと語った。

「――ずっと恨みに思っていたようです……お兄さんのことをです」

「であろうな」

「え……」

「本当に金に困った者に、たったの三文しか貸さないのは、意地悪と感じても仕方のないことだ。松左衛門殿もそのことを悔いておる。本当に申し訳なかったとな」

「……」

「だが、それには別の本心があった。竹次郎殿も負けん気があったからこそ、こうして立派な店を出すまでになったのではないか？」

「別の本心とは……」

「身共もそこまでは知らぬ。だが、兄弟だからこそ分かり合える何かが、お互いにあったのではないか」

寅右衛門にそう言われて、お絹は何となく承知したように頷いたものの、

「でも、何も詳しくは話してくれないんです。十年ぶりに会ったのに……」

「……」

「たしかに、これまでも、あまりお兄さんのことは口にしませんでした。ただただ、見返してやる。兄貴を見返してやると言うばかりでして……けれど、それが亭主の発奮する種ならば、それでよいかとも……」

お絹はわずかに憂いを顔に浮かべて、

「ですが、本当にそれでいいのかって……何があったのか私も詳しくは知りません。ですが、いつか会える日が来たら、必ず仲直りする。子供の頃のような兄弟になると思っていたので……私はてっきり、お兄さんにまた酷いことを言われたのかと……」

「それは逆だ。むしろ、竹次郎殿の方が頑なであった。身共にはそう見えた」

「……」

「だが、その竹次郎殿の態度も、心から出たようには見えなかった。きっと、ふたりの間にしか分からぬ気持ちがあるのであろう」

「でも、私には、少し気がかりなことがあるのです」

「気がかりなこと？」

「はい。近頃は、少し横柄というか、傲慢というか……」

「働きすぎて、疲れているのではないのか」

寅右衛門がそう言ったとき、廊下に娘のお梅《うめ》が来て座った。丁寧に手をついて、

「いらっしゃいませ」と挨拶をし、茶菓子を持ってきた。

花柄の着物に髪飾りをつけた七歳の可愛らしい娘であった。

「かような娘がおるからこそ、竹次郎殿もさぞ頑張ってきたのであろうな」

素直に寅右衛門の口から出た言葉に、お絹も頷いた。お梅は商人のふだんの暮らしを見ているのであろう。

「お父っつぁんが、いつもお世話になっております」

声も可愛らしかった。寅右衛門がニッコリ微笑みかけると、お梅もえくぼの浮かぶ満面の笑みを返した。

「いい娘《こ》だね。お父っつぁんのことは好きか」

「はい。大好きでございます。働き者で、優しくて、そして、色々なものを買って下さいますから」

素直な子供らしい態度に、寅右衛門の気持ちも軽やかになった。

「あの与多様……初めての御方に、立ち入った話を致しまして……どうか、お兄

さんには内緒にして下さいまし」

お絹の小さな心配事が、大きな災難となって沸き起ることを、寅右衛門ですら、まだ知る由もなかった。

三

年が明けて二日目に、竹次郎は妻子を連れて、『加納屋』に正月の挨拶にきた。店の奉公人も親戚への挨拶や初詣に出かけたりして、いつもはガヤガヤしている店内が、水を打ったように静かだった。

作り置きのおせち料理しかないが、一緒に食べようと、松左衛門は実に嬉しそうに出迎えるのだった。

「お絹さんもよう来てくれた。お梅ちゃん、はじめまして」

松左衛門が満面の笑みになると、

「――うちの女房や娘の名を、どうして知ってるんです」

と竹次郎が冷ややかに訊いた。

わずかに困惑した顔になったが、松左衛門はすぐ、

「大晦日に、寅右衛門様に用事を頼んでな。その報せを受けたときに聞いたんだ。いや利発で可愛らしいと言ってたが、思った以上に可愛らしい子だ。お絹さんに似たのかな」

「その寅右衛門様から預かったものですが、お返し致します」

五十両の入った袱紗を差し出して、竹次郎は丁寧に言った。

「お気持ちだけで結構でございます」

「竹次郎……おまえにやったのではない。これまで陰でおまえを支えた女房殿と、可愛らしい娘……私にとっては姪っ子のお梅ちゃんのためだ。遠慮なんかするな」

「遠慮ではありません。貰う謂われがないからです」

「まあ、そう言うな。私は、おまえが立派な商人になってくれて、本当に嬉しいんだ。一生懸命頑張った、おまえへの褒美のつもりでもあるんだ。頼む、受け取ってくれ」

「……」

「これが、〝三文の悔やみ〟というわけですか」

「先日も話したとおり、私は恨みになど思っておりません。本当に感謝しております。だからこそ、このような計らいは今後、一切、ご無用に願います」

冷たい声で断じる竹次郎に、松左衛門は残念そうに俯いた。

その様子を見て取ったお絹は、さりげなく席を立ち、お梅の手を取って庭先に降りた。広々とした庭園が珍しいのか、お梅は見廻しながらはしゃいだ。

「見て見て。雪が降ってきたよ……ふわふわ……綺麗ねえ、おっ母さん」

「本当ねえ……少し散策していいですか」

お絹が松左衛門に許しを得て、お梅とともに離れたのは、大人の話を聞かせたくなかったからである。

竹次郎も少し言い過ぎたかなと反省をして、

「——たしかに意地になってた面もあります……三文の利息に二両などと、嫌味も甚だしい……ですが、それが偽らざる俺の……」

「分かってるよ、竹次郎。私の前では、俺と言ってくれ。それが、おまえらしい」

松左衛門は優しい声で言って、庭を歩く母娘の姿を眺めながら、

「ほんに、おまえが羨ましいよ。守るべきものがある」

「……」

「実は私も一度、嫁を貰ったが、子供もできず、商売商売で愛想を尽かされて、出て行かれてしまった……」

　自嘲気味に笑った松左衛門は、改めて竹次郎の前に両手をついて、

「本当にすまなかった。許してくれ」

「……」

「だから、これからは兄弟仲良く、子供の頃のように……松太郎《まつたろう》と竹次郎に戻って……戻ってくれないかなあ」

　涙ぐんで頭を下げた。

「もういいよ、兄貴……恨んでなんかないと言っただろ……たしかに、あの時には、恩着せがましく手渡されたのが、たったの三文……人をバカにしやがって……世間で噂しているとおり、酷い守銭奴だ。血も涙もない酷い奴だと思ったよ」

「……」

「でも、その三文すら、俺にはなかった。地べタ掘っても三文の銭は出ない。俺は……その金で、米俵のふた、〝さんだらぼっち〟を買って、それをぜんぶ解いて、びた銭を結わえるサシを作って売ったんだ」

竹次郎はしだいに遠い昔を懐かしむ目になって、

「それで三文が六文、六文が十二文と増えていって、小銭が貯まったところで、今度は草鞋《わらじ》を作って売った……器用に生んでくれた親に感謝したよ……そうやって幾らか商売の元手ができると、毎日、暮らしに欠かせない油の量り売りを始めた。無くなれば、また買ってくれるから、いつまでも商売が続けられると思ったからよ」

「なかなかの慧眼だな」

「それは兄貴も同じじゃないか。米だって、そうだろ？」

「だな……」

「少しずつ得意先もできて……特に『上州屋』という店には助けられた……仲買のようにしてくれて、俺の〝置き油壺〟を色々な所に置かせて貰ったからね」

竹次郎の口から『上州屋』の屋号が出たとき、松左衛門はほんの一瞬、顔色が変わったが、すぐに元に戻って、

「よかったな……」

と、しみじみと頷いた。

「――私もあの時は、本当は五十両でも百両でも貸してやりたかった……けど、

おまえが金をなくした原因は元はといえば、博奕や遊興だ……田舎の田畑だってぜんぶ売っ払って、どうしようもなかったからな」

「へえ……」

「だから、そこで大金を渡したら、また身を持ち崩すんじゃないか、悪い奴と組んで、もっと酷い深みに入ってしまうんじゃないかって、心配だったんだ。だからこそ、あぁして……」

「分かってるよ、兄貴……あの三文を恨んだのはたしかだが……だからこそ、俺は立ち直れた。てめえで商売を始めたときには、もっと身に染みた」

「うむ……」

「だけど、俺はこんなに稼げるようになった、二両なんて利子は屁ってなもんだって、兄貴に自慢したかったんだ」

「ああ、分かるよ……おまえが店を出したとき、すぐにでも行きたかったが、合わせる顔はないし、おまえも嫌な思いをするだろうと思ってな」

「……」

「屋号の『福田屋』だって、私たちが小さな頃に暮らした、村の名前だ。きっと、私に報せたかったんだろうって……すぐに分かったよ。おまえの店だって」

「勘弁してくれ、兄貴。こっちこそ、兄貴の本当の思いを知らずに、勘弁してくれ」

竹次郎の方も感極まったのか、本当は心の奥では兄を慕っていた気持ちが湧き出てきて、ううっと泣き出した。

その姿を庭から見ていたお梅は、

「どうして、お父っつぁん、泣いてるの？　お腹でも痛いの？」

と、お絹に訊いた。

「大人はね、どこも痛くなくても泣くんだよ。凄く嬉しいときも泣くんだよ」

それから、松左衛門と竹次郎は、夜が更けるまで、盃を交わした。

本当に十何年ぶりに、ふたりだけで交わす酒だった。お互い酒は嫌いな方ではない。だから、盃を重ねるうちに、呂律が廻らぬくらい酔っ払ってきた。しかも、楽しい酒だから、幾らでもクイクイといく。

お絹とお梅は、実家にでも帰ったかのように安堵して、別室で眠っている。

ハッと竹次郎が目を覚ましたのは、氷のように冷たい風が体を包んだからだった。

開け放たれたままの障子窓の外は、すっかり暗かった。庭の灯籠の蠟燭も消えており、風がビュウビュウと吹いている。雪が降り続けて積もったのであろう。宵闇の中に、雪明かりが広がっていた。

松左衛門の方も体を丸めるようにして、畳の上に寝てしまっている。

「――兄貴……兄貴……」

竹次郎は揺り起こしたが、松左衛門はムニャムニャと念仏を唱えるように声を漏らすだけだった。

「つい飲み過ぎてしまった、兄貴……そろそろ、おいとまするよ」

「ええ……？」

ようやく目を開けて座ると、松左衛門は酔いが廻った頭を振りながら、

「今宵はもう遅い……お絹とお梅も寝てることだし、泊まっていったらいい」

「だけど、ほら風が強い。火事でもあったらいけないから、俺だけでも帰るとするよ」

「心配性だな、おまえは……」

松左衛門は立ち上がると障子窓を閉めながら、

「ガキの頃からそうだ。魚を獲る仕掛けが大丈夫か、猿や猪に壊されてないかと何度も見に行っているうちに、魚の方がビクついて、寄りつかなくなった。はは、

杞憂だよ」

「でも、兄貴んちのような立派な石蔵じゃなくて、うちのはオンボロの土蔵だ。鼠穴があって、まだ修繕の途中だから、もし火でも入ったら大変なことに……」

「正月だから、それこそ火も使ってないだろう。奉公人もいないいんだろ」

「誰もいないから、心配なんだ」

「このくらいの風、大丈夫だって。おまえもかなり酔ってるし、千鳥足で帰る途中に何かあったら、それこそ困る。お絹とお梅だって心配するぞ」

「けど……」

「万が一……万が一、焼けるようなことがあったら、うちの身代をぜんぶ、おまえにやる。弟だものな……十年前は三文しか貸さなかったが、今のおまえなら、ぜんぶやる。ぜんぶやっても、全然、惜しくない」

「兄貴……」

「どうせ私には女房も子供もいない。いずれはぜんぶ、おまえのものだ……明日はまだ三が日で、店も開けなくていいんだろ。何より、こんな真夜中、おまえを送り出すのは心配だ。明日の朝にすればいいではないか」

そう言って松左衛門は引き止めると、竹次郎は久しぶりの心地よい酔いもあって、身を委ねるようにもう一眠りするのだった。

四

その真夜中のことである。

半鐘がジャンジャンと鳴り響き、寝静まっていた江戸の町は一気に目覚めた。火事と喧嘩は江戸の花とはいえ、年明け早々から炎が上がるのを、喜んで見る者はいない。正月気分も吹っ飛んで、町火消したちは気勢を上げて、懸命に炎を鎮めようとした。

だが、人気のない、しかも正月二日の夜であったから、母屋も蔵もアッという間に火の手が広がり、闇夜を照らす如く、轟々と燃え盛った。前夜より雪が積もるほど降っていたにも拘わらず、炎は獣のように大きくなり、屋根や軒などの雪を、すっかり溶かしていた。

延焼すれば大事になる。幸い隣は空き地になっており、目の前に掘割があったから、危ないのは裏手ともう一方の隣だったが、しっかりした石蔵や土塀、石塀などで囲まれていたため、大きく火は飛んでいない。

しかし、肝心の火元である家は、灰になるのを待つしかないほど、真っ赤に燃え上がっていた。

野次馬も心配そうに、少しずつ集まってくる。怪我をしてはいけないから、町方役人や自身番の番人らも出張ってきて、火事場から締め出していた。

が、そこへ駆けつけてきた竹次郎が、

「ああ！　わあああ！」

と大声を上げて慄然となった。

野次馬を押し退けて近づこうとすると、

「危ねえ、危ねえ。下がれ！」

と番人らが止めたが、竹次郎は構わず突き進んで、叫び声を上げた。

「俺の店だ！　早く消してくれ！　俺の店なんだア！　なんとかしてくれえ！」

まさかの出来事だった。

鼠穴のことを思い出して、嫌な予感がしたのだ。その時、すぐに舞い戻っていればよかったのだと、竹次郎は後悔と自分の甘さに対する怒りが込み上げてきた。

だが、油問屋だっただけに、火の廻りが早く、炎の固まりは、店がどのような姿であったかも分からないほど立ち上った。町火消しですら、手が付けられない状況になっていったのだった。

やがて——。

半刻ばかり経って、風は弱まり、雪が雨になって、さして延焼もせずに、鎮火した。だが、すっかり崩れ、黒くなった焼け跡を目の当たりにして、竹次郎は呆然と立ち尽くしていた。

知り合いが何人も近づいてきて、励ますように竹次郎の肩を叩いたり、声をかけたりしていた。

その中には、一番の得意先の『上州屋』の主人・仁兵衛《にへえ》もいた。商人らしい穏やかな物腰ではあるが、同情のためか悲痛な表情で囁くように、

「なんとも痛ましいことです……でも、気を落とさずに。なんなりと申しつけ下さいまし。力添えできることはしますから」

と優しい声で慰めた。

「ありがとうございます……」

これまでも世話になった仁兵衛には感謝の言葉もない。しかし、竹次郎の喪失感は拭いきれなかった。

——長年かけて築き上げたものが、一瞬のうちに消えてしまった……。

なんと無慈悲なことを神はしてくれたのだと、怨み言を言いたくなった。

「いや、待てよ……蔵の中は大丈夫ではないか……鉄板で包まれて、千両箱だけは燃えにくいようになっているはずだ……どうか、どうか……」

祈る気持ちで蔵の近くをうろついたが、まだ焼け跡が熱くて、立ち入ることはできない。火事が起これば、当然、町奉行所の調べがある。火元の確認、種火を消して、店の主人の管理に落ち度がなかったかなどが問い質される。

だが……竹次郎を苦しめることが、まだあった。

町奉行所の調べでは、蔵の焼け跡から、千両箱がなくなっていたのだ。しかも、付け火の疑いすらあるという。

つまり、盗んだ上で火事にしたのではないか。あるいは、火事騒ぎを起こして、その最中に泥棒を働いたのかもしれぬという。

竹次郎は絶望を通り越して、地獄の炎に突き落とされた気がした。

「――そういう訳なんだ兄貴……あのとき、やはり俺は帰っておくべきだったよ」

浅草の『加納屋』に戻った竹次郎は、すべての事情を説明した。

「まさか、泥棒にまで入られたとは思ってもみなかったよ……俺はつくづく、ついてねえなあ……情けないよ」

「気の毒なことだなあ。でも、不幸中の幸いではないか」

松左衛門はすぐさまそう言った。だが、竹次郎は少しカチンときた。

「さ、幸い……？」

「だって、そうじゃないか。みんな、うちに泊まっていたからよかったんだ。もし火事に見舞われていたら、どうなっていたか分からないし、盗っ人が押し込んだのなら、下手したら殺されていたかもしれない」

「……」

「奉公人だって凶事に巻き込まれなくて済んだ。余所様に火が移らなかったから、弁償もしなくていい……ご先祖様が守って下さったんだよ」

「そうかもしれないが……」

「命あっての物種だ。なに商売なら、またやり直せばいい。お得意様をはじめ、多くのお客さんが、きっと助けてくれるよ」

「……」

「お絹とお梅なら、店が立ち直るまで、うちにいればいい。それこそ実家と思ってよ」

優しい眼差しの松左衛門の言葉に、竹次郎は改めて感謝して頭を下げた。一瞬とはいえ、カチンときたのが恥ずかしく思えた。

「だったら、兄貴……三が日が明けると、商売をしなければならない。油を待ってる人たちもいるんだ」

「そうだろうね」

「店が燃えたからって、客に迷惑はかけられねえから、当面の油を買う金を貸してくれないか。百両……と言いたいところだが、五十両でも二十五両でもいい。できることから、コツコツ始めるから」

「一両か二両なら、どうにかなるが……」

松左衛門は明らかに迷惑そうな顔になって、ポツリと言った。竹次郎は聞き間違いではないかと、エッと目を丸くした。

「――一両か、二両……？」

「うむ。それくらいなら、くれてやってもいい」

「くれてやってもいい？」

今し方、カチンときたのは間違いではなかったと、竹次郎は思った。

「どういうことだい、兄貴。俺には客が何百人、いや何千人もいるんだ。一両や二両で、賄えるわけがないじゃないか」

「だったら、ひとりふたりからまた始めればいいではないか」

「！……」

「それにね、深川蛤町のおまえの身代ならば、五十両、百両くらい貸してもいいが、何も形がなくなったのに、そんな大金は無理ってものだ」

「そ、そんな……」

竹次郎はそれでも、ぐっと我慢をして、

「でも、今は、昔の俺じゃない。女房や子供もいるし、奉公人だって……」

「だから、お絹とお梅のことは心配するなと言ってるじゃないか。奉公人のことは知らないよ。それは、おまえの仕事だ」

「待ってくれよ……鼠穴があるから帰りたいって言ったのに、帰さなかったのは兄貴じゃないか。なんだい……」

「そんなに心配なら帰ればよかったではないか。ああ、私なら、そうするね。そういうところも含めて、おまえはまだ甘いのかもしれないね」

「たしかに甘かったかもしれない。そのことについちゃ、俺が一番、悔やんでるよ」

奥歯をギュッと噛みしめて、竹次郎は涙が出そうなのを堪えながら、

「だからこそ、こうして頼んでるんじゃないか。兄貴は言ったよな。昔のように、松太郎、竹次郎に戻りたいって……万が一、火事なんかになっても、うちの身代、ぜんぶおまえにやる。女房も子供もいないから、ぜんぶおまえのものだって……」

「おや。そんなこと言ったかね？」

「い……言ったじゃねえか！」

思わず大声を上げて腰を浮かし、今にも摑みかからん勢いになった竹次郎に、冷静な目を向けたまま、松左衛門は言った。

「もし、言ったとしても、酒の席でのことだ。本気に取る方がどうかしてる」

「て、てめえ……！」

竹次郎の顔が、みるみるうちに真っ赤になった。

「てめえ、それでも人間か！　いや、人の面の皮を被った、鬼だ！」

「私が鬼？　今の自分の顔を鏡で見てご覧なさい。まるで赤鬼だ。酒の席での戯《ざ》れ言《ごと》を真に受けて、五十両貸せ、百両寄越せと言う方が、よっぽど鬼だと思うけどね」

「正月祝いだと五十両を寄越したくせにか。あの金を貸すのもダメなのかい」

「一度、突っ返されたからねえ……」

「鬼！　畜生！　やっぱりてめえは、世間の噂どおり、血も涙もない守銭奴だ！」

「なんだね、兄に向かって罵倒ばかりしてッ」

「傷口に塩を擦り込む真似しやがって……そうかいそうかい、誰が、おまえなんかに頼むかッ。困ったときにこそ、底意地の悪いことをする。ちっとも変わってないじゃねえか！　俺がバカだったよ」

怒鳴り散らした竹次郎は、お絹とお梅に向かって、

「さあ、帰るぞ。こんな鬼屋敷にいたら、食われちまうぞ。さあ、帰るぞ！」

と言った。が、お絹とお梅は動かない。帰るところがないのは分かっているからだ。そんな態度の妻子を見て、竹次郎は余計に腹が立ってきた。

「おまえたちまで……こんな兄貴がいいってんなら、勝手にしろ」

悔し涙を流しながら大声を浴びせると、お梅は悲しそうに涙顔になって、

「お父っつぁん……今日は、嬉しいから泣いているんじゃないの？　どうしたの？」

「うるせえッ。俺がどんな思いをして、今日まで……ええい。おまえらこそ、どうにでもなりやがれ！」

と怒鳴りつけた。そして、いきなり松左衛門の前に駆け寄り、顔面を殴りつけようとした。

その腕がガッと摑まれた。

横合いから、寅右衛門が阻止したのである。

「?!――ケッ……命の恩人？　とどのつまりは、用心棒かよ」

「気持ちは分かるが、自棄《やけ》を起こすでない」

「いてて。なんだ、このバカ力が……放しやがれッ……」

カッとなりそうな竹次郎の顔が、ハハンと意味ありげに頷いて、

「そういうことか……あんた、五十両預かって、うちに来たそうだが、あれは店を探るためか……てめえ、兄貴とグルだったんだな……おまえが付け火したんだな。俺が留守だと知ってるのは、兄貴くらいじゃねえか……そういうことか」

「何を言い出すんだ、竹次郎」

松左衛門が叱りつけるように言うと、竹次郎は寅右衛門がサッと離れるや、

「そこまで、俺を貶めたいのか、兄貴……三文から成り上がった、この俺が、そ

んなに憎いのかよッ。もういいよ！」

と吐き捨てて、部屋から飛び出していった。

「――寅右衛門様……」

溜息をつく松左衛門に、いつになく険しい目で頷く寅右衛門であった。

五

通りを歩いていく竹次郎は、すれ違い様、肩が触れた者を怒鳴ったり、殴ったりしながら、『加納屋』から遠ざかった。苛立ちや怒りで、竹次郎の全身からは湯気が噴き出していた。

「何を見てやがる。人の不幸がそんなに面白いか。なんだ、どいつも、こいつも」

誰にともなく当たり散らしながら、竹次郎は当てもなく町の中を歩いた。

だが、舞い戻ってきたのは、蛤町の自分の店の焼け跡だった。まだ燻っているのか、煙が上がっているように見える。ぼんやりと眺めていると、

「――『福田屋』の旦那さん……油を少しでいいから、分けてくれめえか」

職人風の男が背後から声をかけた。振り返った竹次郎は、

「からかってんのか。見りゃ分かるだろう」

と睨みつけた。

「まったく残ってねえのか」

「油どころか、銭の一文もねえよ」

「一文も……」

「だから、他の店に行きゃ、いいじゃないか。油問屋なんか、深川にいくらでもあるじゃないか」

「けど、他の店は高くてよ……俺たちのような竹細工職人にゃ、なかなか……」

「知るもんか。こっちはよ……」

情けなくなって、声も出なくなった。

そんな竹次郎の前に、ぶらりと訪れたのは、北町奉行所定町廻り同心の佐々木康之助であった。

後ろには、岡っ引の平七も控えている。

「この店の主人の竹次郎だな。本所廻りを差し置いてなんだが、殺しや盗み、火事はこっちの担当だ。ちょいと話を聞かせて貰うぜ」

「こっちが訊きてえよ。盗っ人は捕まったのかい」

「いや、まだだ。しかし、調べた結果、随分と手際の良い仕事だってことが分かった。蔵の鍵はアッサリ開けているし、重い千両箱も軽々と持ち出してる。おまけに証拠を消すために火を付けた。素人の手口ではない」

「だろうな」

「つまり、誰かが、前々から、この店を狙っていた節がある。やった者に心当たりはないか。どんな小さなことでもいい。恨みとか買われていないか」

「やったのは、兄貴だろうぜ」

あまりにも当然のように言うので、佐々木は驚いた。

「なに、兄貴……？」

「浅草田原町の米問屋『加納屋』だといえば、旦那も分かるんじゃないか」

「ああ。見廻りでよく通る。時に甘いものや……」

「袖の下も、くれるかい」

「バカを言うな。だが、『加納屋』が兄ならば、援助してくれるであろう。それを盗っ人呼ばわりするのか」

「とにかく、調べて下さいよ。あいつが一番怪しいんだ。そして、与多寅右衛門とかいう得体の知れない浪人もよ」

寅右衛門の名を聞いて、平七はズイと前に出た。実は、平七は此度の火事の一件は、寅右衛門から聞いている。しかも、『加納屋』との関わりも耳にしている。

「なんで、そう思うんでえ」

平七が訊き返すと、店が留守であることを知っていたのが、松左衛門しかいないと言った。そして、寅右衛門が『加納屋』の用心棒であることを付け加えた。どこまで本気で、竹次郎が思っているのかは分からない。だが、そうでも言わないと、怒りのやり場がないという態度だった。

「今一度、訊くが、恨まれる覚えはないのだな」

「さあねえ……商売をしてりゃ、妬む奴はいるだろう。うちは、油問屋組合に入ってない。その分、安く量り売りすることができる」

「そのようだな……」

「〝置き油壺〟が流行ったのを快く思ってない同業者もいるかもしれない……どうせ、俺は誰からも嫌われてるんだ。だから、こんな目に遭うんだ。女房子供も、俺より、兄貴の方がいいってよ……ふざけるなッ」

自暴自棄になっているのが、よく分かる。佐々木も平七もあまり刺激をしないように、色々な事情を聞いた。商売絡みの事件かもしれないと踏んでいるのだ。

「何か私が悪いことをしましたかねえ……この十年の間、遊び事なんぞ何ひとつせず、好きな酒もろくに飲まず頑張ったのに……ふん。その酒のせいで、寝ちまってる間に、この様《ざま》だ……夢なら覚めて欲しいぜ」

竹次郎は自分の頬をひっぱたいたが、痛いだけであった。

「とにかく、一刻も早く盗っ人を捕らえて、三尺高い所に晒してやってくれよ」

「そのためには、おまえの協力がいる。早まったことをするでないぞ」

「早まったこと？」

「よいな。心せいよ」

佐々木は念を押すように言い含めたが、自嘲気味に笑った竹次郎は、ふらふらと焼け跡から離れて、何処かへ立ち去った。

むろん、平七はしっかりと尾行した。竹次郎の身が心配だったのと、盗っ人に繋がる何かが見つかるかもしれないからだ。

仙台堀から木場の方へ来たときである。

海水にぷかぷか浮かぶ材木を眺めていると、ふいに飛び込みたいという思いに駆られた。だが目の前には、江戸中の名だたる材木問屋の札が並んでいる。見て

いるうち、

——なんで、うちだけが……。

と腹立たしくなってきた。

竹次郎は八つ当たりでその札を抜き取ろうとしたが、シッカリ固定されて、なかなか抜けない。それを見ていた木遣り職人の誰かが、

「何やってんだ、てめえッ」

と、いきなりぶん殴った。地面に吹っ飛んだ竹次郎だが、ヘラヘラと妙な笑いを浮かべている。そして、ゆっくり立ち上がると、

「さあ、もっと殴れよ……ぶっ殺して、その海へ突き落とせよ……どうせ俺はよ……へへ、生きてたってしょうがねえ男だしよ」

木遣り職人の方へ向かうと、気持ち悪がって逃げ出した。

懐から取り出した財布には、わずかな一分銀と二朱銀しか入っていなかった。

「たった、これっぽっち……」

掌に置いた金をしみじみと見て、

「だが、あの雪の夜の三文に比べれば、大金だあな……けど、これで、どうしろってんだ。今更……あの時とは違うんだ……年も取った……もう、いいよ」

ひとりごちて、ふと見ると漁師相手の赤提灯が見えた。葦簀《よしず》張りに毛が生えたような店だが、竹次郎はぶらぶらと向かった。

店にはいると、『福田屋』の火事を酒の肴《さかな》にしている者たちもいた。初めて入った店だから、顔は知られていない。それでも、竹次郎は隅っこの席に座り、燗酒を一度に三本ほど頼んで、肴《あて》もなしにグイグイと飲んだ。

身も心も疲れているから、一気に酔いが廻った。目が覚めたときには、すべてが夢であって欲しいと、心の片隅で願った。

目が虚ろになったとき、誰か分からぬが商人風の男が目の前に立った。

「これは、これは、『福田屋』の旦那さんじゃありませんか」

「え……？」

「覚えてませんか？　まあ、取引先は沢山あるでしょうからね。しかし、こんな大変なときに、よく酒なんか飲めますなあ」

「いいでしょ。これくらい……」

「よかないですよ。酒を飲む金があるなら、ツケを払って下さいな。年末は忙しいからって、炭代や蠟燭代をまだ支払って貰ってませんから。さあ、さあッ」

考えてみれば、油の大元締めから買ったぶんも支払っていない。竹次郎は全財産を失った上に、借金も残っていたのだ。酔っ払った頭の中で算盤を弾いても、ざっと二十両ばかりある。

それらは店があれば、いつでも払える程度の額だが、今の竹次郎には莫大な負債でしかなかった。

「どうしてくれるんです、旦那。さあ、返して下さいな」

竹次郎は店から逃げ出した。

竹次郎は月もない夜道を、トボトボと歩いていると、先程の木場に出た。その向こうには、洲崎の十万坪が広がっている。

「――ケッ……貧すれば鈍する……ここが人生の幕引きかな……」

ふらふらと一歩、二歩と海辺に近づく。材木を置いている石壁の縁から、ドボンとひと思いに落ちればいい。海に浮かぶ材木で頭を打って、そのまま海に沈んでおだぶつだ。

「夜が明けたら、みんな驚くぞ……兄貴だって俺が死んだら……ふん。ざまあみやがれ」

今、まさに飛び込もうとしたとき、突っ走ってきた平七が抱きかかえ、地べたに引き倒した。そして羽交い締めにして、逃がさないように取り押さえた。

「な、何をしやがる。放せ、放しやがれッ」

叫ぶ竹次郎の前に立ったのは――寅右衛門であった。

「死んで花実が咲くものか。それより、お絹とお梅はどうする」

ハッと我に返った竹次郎は、目の前の寅右衛門を見上げて、

「おまえ……」

と言いかけたところで、バシッと平手打ちを食らった。

「イテテ……イテテテ……ほっといてくれ。どうせ、俺なんかいなくたって、誰も困りはしねえんだよ。女房と娘だって……」

「本当にそうかな？」

「……」

「ならば、身共と一緒に参ろう。おまえが、この世で必要な男であったことを、見せてやろうではないか」

「な、なんだと……？」

朦朧とする頭の竹次郎を平七は起こしてやり、逃げないようにとお互いの腕を、取り縄で結ぶのだった。

黒い闇の向こうからは、海鳴りが聞こえてきていた。

木場から仙台堀、横十間川、小名木川から竪川沿いに、ぐるりと本所、深川の馴染みの場所を、竹次郎は巡らされた。油の量り売りを始めた頃から、慣れ親しんだ所である。

六

辻灯籠に浮かぶのは、いつもの風景である。

「こりゃ、『福田屋』の旦那さん……此度は大変でやしたねえ……」

誰かが近づいてきたので、妙に誤解されても困ると、平七は、

「二度と変な気を起こすなよ」

と囁いて、竹次郎から取り縄を外した。

「あっしですよ、橋番の吉助《きちすけ》です」

中年男が、着物の裾をはしょって腰を屈め、提灯を掲げた。竹次郎もすぐに分かって、努めて感情を殺して、

「ああ、吉助さんか……御苦労だね」

橋番は近くの辻灯籠に火をともす役目もある。だが、そろそろ消す刻限だから、

吉助は通りを廻っていたのである。

「旦那さんには、色々とお世話になってばかりです。なのに、あんなことに……」

「慰めはもういいよ」

「あ、そうだ。町内の者たちから、預かったものがあるんです。ちょいと橋番所まで、お付き合い下さい」

吉助は手招きしながら、竹次郎の足下を提灯で照らして案内した。戸を開けて、中に入ると、もうひとりの番人と、町名主が火鉢を囲んで座っていた。

「あ、町名主さんまで……寒いからって、一杯やってんじゃないでしょうねえ。あっしの留守中に……」

いつものように冗談半分で、吉助が声をかけると、町名主が竹次郎に気づいて、

「ああ、丁度よかった。これは少ないがね、何かの足しにしてくれませんか」

と小さな壺を手渡した。

「なんです……」

竹次郎が中を覗くと、ギッシリと文銭が入っている。

「火事で大変だから、何とかしたいって、町内の者が、わずか三文とか五文ずつ

だけど、持ち寄ってくれてね。『福田屋』の旦那に差し上げたいってんだ」

「私に……」

「見てのとおり寄せ集めても、ビタ銭ばかりだから大したことはないが、気持ちだ。どうか受け取って下さい」

町名主にそう言われて、竹次郎は返す言葉がなかった。ただ、橋番所の外に立っている寅右衛門を振り返り、

「――わざとらしいよ、あんた……こんなことを、この人たちにさせて……」

と言った。すると、町名主は訝しげに、

「何の話です、旦那……たしかに私は声掛けをしましたがね、みんな、なけなしの金から、少しずつ届けてくれたんだ」

「……」

「『福田屋』は他より安く売ってくれる。その分、得したんだから、こういう時に恩返ししようってね」

優しい町名主の言葉を、竹次郎は素直に信じることはできなかったが、ズッシリと重い壺を抱えていると、銭の有り難みが分かった。四千文で一両だが、その十分の一もないはずだ。それでも、本当に重く感じた。

「他の町でも、同じような連中がいるから、いずれ、旦那の所に届くと思うよ」

「どうして、こんなことを……」

「当たり前じゃないか。困ったときはお互い様だ。気を落とさず、頑張って下さいよ。綺麗な奥さんと可愛い娘さんのためにも」

町名主がそう言うと、吉助たち番人も笑顔で頷いた。

「そうでしたか……ありがたく受け取っておくよ。本当にありがとう……」

竹次郎は深々と頭を下げながら、

――兄貴とは全然、違う。他人がここまで気遣ってくれるのに……。

という思いが脳裡をよぎった。ただただ、人の親切が身に染みて、竹次郎は涙が出そうになった。

「なあ、竹次郎さんよ。世の中捨てたもんじゃねえだろ」

平七はそう言いながら、寅右衛門も一緒に、いつも竹次郎が商売で歩く道を進んだ。それで、ようやく、このふたりがわざわざ、自分を連れ歩く意味を察した。

――自分が歩んだ道を、たった三文から築いてきた道を、見せようとしている。と感じた。

さらに、しばらく行くと横川の川岸に、本所の〝時の鐘〟がある。ここまで来ると、随分と足を伸ばしたことになる。

「これは、わざわざありがとうございます、旦那さん。大変なときにねえ……」

江戸の〝時の鐘〟は元和年間に、日本橋本石町に鐘楼ができたのが始まりである。小伝馬町、上野、浅草、芝、目黒、四谷、市ヶ谷、赤坂などにも〝時の鐘〟があるが、ここ本所は横川の撞木橋《しゆもく》の袂にあった。これら鐘が聞こえる町々から、鐘撞料《かねつきりよう》は、町奉行所に支払われる。

どこの〝時の鐘〟にも、鐘撞番《かねつきばん》がふたりいて、明六つから暮六つまで撞き、夜は町木戸が閉まる四つ（午後十時頃）に鳴らす。本日最後の鐘を鳴らす直前のことだった。

「ああ、喜平《きへい》さんに幹太《かんた》さん……毎日、ご苦労様ですな」

思わず竹次郎は、いつもの挨拶をした。すると、喜平もいつものように笑って、

「旦那さん、酔ってますね。でも、お気持ちは察しやす。あっしらも心配しておりやした。なあ、幹太」

「ええ。これから、番小屋の油をどうしようかって」

「そうじゃねえだろう、バカ。旦那のことだよ」

「旦那は大丈夫でえ。だって、こうして酔っ払ってる。生きてるって証じゃねえ

か」

「ハハ、違えねえ。あ、そうだ、旦那。景気づけに一発、鐘を撞きやせんか。いや一発じゃ困る。四つだから、七発だ」

鐘を撞く前には捨て鐘といって、三つ余計に撞くのが決まりである。聞き落としをしないための工夫だ。

竹次郎は尻込みをして、

「ええ？　そんなことをしたら、遠島になってしまう。鐘撞番以外の者がやっちゃ、いけないことじゃないか」

「あっしらが一緒にいるから大丈夫。ささ、行きやしょう、行きやしょう。そちらのお武家様と親分さんも」

喜平と幹太は、手を引いて、塀で囲まれた〝時の鐘〟の敷地内に入って、まず石段を登り、さらに立派な屋根のある鐘撞堂への急な階段を、十数段登らせた。

そこに登った途端、「あっ」と竹次郎は声を上げた。

雲間から星がちらほらして、月も隠れている夜だが、江戸の町の甍が見事なくらい、眼下に眺めることができるのだ。

深川の縦横に繋がる堀川は、その筋がくっきりと浮かび上がり、江戸湾がすぐそこに広がり、隅田川に架かる橋、その向こうの武家屋敷や商家が並んでいる町並み、さらには江戸城の濠や石垣までが、辻灯籠に浮かんでハッキリと見えるのだ。

まるで一枚の巨大な絵のようだった。

火を落とす刻限の前だから、町の灯りが無数に点在して、星のようにキラキラ輝いて見える。

「どうです、旦那……いい景色でやしょ。なんか、幸せが一杯あるって感じがしやせんか……あっしら毎日、この景色を見られる贅沢を味わってるんでやす」

「……」

「この江戸の灯りは、『福田屋』さんのような油屋さんが、毎日毎日、売り歩いてくれてるお陰でさ。しかも、旦那んとこは、〝置き油壺〟だから、間違いなく不足はねえ。つまりは、人々の団欒の時を、幸せの時を売ってる商売ってことですよね」

喜平と幹太が交互に言うと、夜の町灯りを見廻していた竹次郎は、俄に熱いものが込み上げてきて胸が詰まる思いがした。

「いや……私はただ……自分の暮らしのために、油を売ってきただけのことだ……人に幸せを売るなんてことは……」

否定するように首を振った。だが、喜平はそんなことはないと言って、

「あっしら、旦那は凄いって、いつも言ってるんですよ。『足らない所に足していく。それが商人の心得だ』って考えだから、〝置き油壺〟を思いついたんだろうって」

幹太も続けた。

「それだけじゃねえ。旦那はよく、貧しい人の家の油壺に、こっそりと足してましたね。なかなかできることじゃない」

「いや、それは余ったものを……」

「腐るもんじゃないから取っておきゃ、また商売に使えるじゃないですか。分かってますよ。あっしら、旦那は世の中を明るくしながら、日の当たらない暗がりでも、善行をしていたことを」

「おいおい。そこまで言うと、買い被りすぎだ」

竹次郎が照れ笑いをすると、

「いつもの旦那に少しは戻りやしたね。さあ、そろそろです。鐘を撞きましょう」

と鐘の前に、竹次郎を立たせた。

そして、ふたりして手を添えて、間合いを計りながら、丁寧に、カーン、カーン、カーン――と捨て鐘も含めて四つの合図の鐘を鳴らした。

すると、眼下の町の灯りが、あちこちでポツポツと消えていく。

しだいに漆黒の闇になっていく。が、雲に翳る月や星の明かりで、目が慣れて、暗がりの中に江戸の町が浮かぶ。

「どうです旦那……朝日が出るまで、しばしおねんねの時だ……この瞬間、ああ今日も平穏無事に終わった。ああ、よかったあ……って思うんです」

喜平が溜息混じりに言うと、竹次郎は納得するように頷いた。

「でやしょ？　ここからの景色を毎日見てたら、人の悩みなんて、小さく感じやす」

「ありがとうな。喜平さん、幹太さん……」

安堵したように竹次郎はふたりの手を握りしめた。

「あ、そうだ……これ……」

鐘楼の隅っこに、小さな金盥《かなだらい》があって、そこには文銭が入っている。

「ここに置いてあったら、絶対に盗まれないからね。へへ……時折、何を思ってか、〝時の鐘〟の敷地内に、縁起担ぎなのか、銭を投げる人がいるんです。神社じゃねえっつうの」

「そうなのか」

「だから、これを何かの足しにして下せえ」

「えっ……だって、これは……」

「こういうときのために、みんなは投げ入れてるんだと思いやす」

「——こういうときって？」

「誰かが困ったときに助けるためさね。旦那がいつもしてるようにね」

「俺は本当に……ただ油を売ってただけなのに……」

感謝の念に堪えない竹次郎に、幹太が大笑いして、

「旦那さん。洒落ですかい？　どこに寄り道してたってんです」

と言って、喜平と顔を見合わせた。

寅右衛門と平七も思わずつられて笑った。

江戸の夜空には、目にも止まらぬ速さで、流れ星が飛んだ。

七

翌日になると、『福田屋』を救おうと大勢の人から焼け跡近くの自身番や木戸番、あるいは町名主のところに、文銭が入った壺や箱などが続々と届けられた。噂が噂を呼んで、善意の金がドッサリと集まったのである。

人様のありがたみを、竹次郎はひしひしと感じ取っていた。

「やはり人徳ですな、竹次郎さん」

微笑みながら近づいてきたのは、『上州屋』仁兵衛だった。これまで積んできた竹次郎の陰徳によって、今、こうして多くの人々から支えられているのだと、仁兵衛は感銘を受けたと言った。

「いえいえ、私はただ油を売っただけのこと。取り立てて褒められるようなことは、何もしておりません」

「そういうところが、あなたのお人柄なんですよ」

仁兵衛は袱紗に十両ばかりを包んで、竹次郎に手渡した。人前で惜しげもなく渡す姿に、誰もが、大したもんだと呟いた。

「いや、こんなには……」

「遠慮なさらないで。本当はもっと差し上げたいのですが、これから困ったことがあれば、何なりと相談して下さいよ。『福田屋』がなくなれば、うちも困りますからね」

情け深い仁兵衛の言葉に、竹次郎は感涙を流し何度も礼を言った。

「ありがとうございます。本当に人の親切が身に染みます。血を分けた兄貴には、とんでもない仕打ちを受けましたがね……兄弟は他人の始まりとは言うが、それどころじゃない。鬼か夜叉のような人間ということを、感じましたよ」

憎悪が蘇ったように竹次郎は目が鋭くなったが、目の前の文銭の山を見て、また穏やかな顔に戻った。

考えてみれば、松左衛門から貰った三文で、ビタ銭のサシを作るところから始まった。そして今、こうして文銭が自分を救ってくれていることに、改めて感謝した。

「さよう。感謝が一番大切なことだ」

ふいに背後から、寅右衛門が声をかけた。竹次郎は、このキッカケを作ってくれた寅右衛門にも深く頭を下げた。事前に、橋番や鐘撞番を始め、町内の人々に声かけをしていたのは、寅右衛門だったのだ。

「それにしても、鬼か夜叉などと言うてはならぬぞ、兄上のことを」

「え……？」

「三文で追い返したのも、おまえのことを思ってのこと。それは重々、竹次郎殿も分かっておるであろう」

「しかしねえ。今度ばかりは……」

「これも何か考えがあってのことかもしれぬぞ」

「兄貴の話は、もういいですよ」

拒むように竹次郎は言ったが、寅右衛門は真剣な眼差しで、

「まあ、聞くがよい。この『上州屋』は、竹次郎殿……おまえの店の油を買うために、松左衛門殿が作った店なのだ」

と言って、仁兵衛を見やった。

「え……？」

言っている意味が分からないと、竹次郎は聞き返した。

仁兵衛の方もわずかに困惑した表情を浮かべたが、様子を見守るかのように、
寅右衛門を見上げていた。

「そうであろう、仁兵衛殿……もはや隠すことはあるまい」

「……」

「松左衛門殿は、おまえが油屋を始めた当初、裏で、あちこちに買い求めるように口添えをしていた。むろん兄弟であることは黙った上でだ……せっかく、自分ひとりで頑張っているのに、表だって手助けをすれば、また甘えるかもしれない。そう考えてのことだ」

「まさか……」

「本当のことだ。そうであろう、仁兵衛殿」

水を向けると、仁兵衛はすべて松左衛門が話したのであろうと察し、素直に頷いた。

「お武家様がおっしゃるとおりだ、竹次郎さん……」

「……」

「油なら『福田屋』で買ってくれと得意先に口添えするだけでは、埒があかない。だから、仲買という形の店として『上州屋』を作り、前々から知り合いだった私に、任されたのです」

「そ、そうだったのか……」

「正直言って、初めは厳しかった。赤字になったのは、すべて松左衛門さんが穴埋めをしてね。だけど、少しずつ、竹次郎さん……あなたの工夫のお陰で、お客がついてきた。うちも利益が出るようになりましたよ」

「……」

「とはいえ、『福田屋』を儲けさせるためのお店ですからね。本当に厳しかったですわい」

じっと聞いていた竹次郎は愕然となった。

「──なるほど……私は、自分ひとりで頑張ったつもりだが、そうではなかった……手取り足取りだったわけか……」

それゆえ、嬉しさも半ばになった。だが、本物の商人としての性根を叩き込むために、表だっては支援しなかった、そこが兄貴らしいと思った。何も知らず怨み言を吐いたことを、竹次郎は悔いた。

「ありがたい……ありがたいことだ……」

仁兵衛から渡されたばかりの十両を握りしめて、竹次郎はむせび泣いた。

その竹次郎の手から、横合いからスッと来た平七が小判を取り上げた。

「あっ……何をするんだ」

「慌てるな、竹次郎さんよ。どんな小判か、ちょいと拝ませて貰おうと思ってね」

唐突なやり方に竹次郎は腹が立ったが、今度は寅右衛門が静めた。

「今の話からすると、『上州屋』が十両程度の支援では、少ないと思わぬか」

「え……ええ？」

ますます不思議そうな顔になる竹次郎に、平七は小判を見せた。

「よく見てご覧なせえ」

「……」

「この隅っこに、赤いポッツリがあるでやしょ？　分かりやすよね」

「これは……?!」

「さいです。文銭や朱銀などが貯まると、女房のお絹さんが、両替商で一両に一枚ずつ替えていた。そして、この朱印をつけて、『仲間が集まるように』って願掛けをし、蔵に置いてあったとか」

「え、ええ……」

「その小判を、どうして『上州屋』さんが持ってるんでしょうねえ」

訳ありげな目を向ける平七から、顔を背けた仁兵衛は、黙って聞いていた。

「ねえ、『上州屋』の旦那……なんで、この小判を持ってんだい」

「さあ……支払いで『福田屋』さんから貰っていたとか……」

「十枚が十枚揃ってですかい？　しかも、そっちは仲買だ。『福田屋』から払うってことはないんじゃないのかい」

平七は疑いの目で、仁兵衛をじっと睨みつけ、

「正直に言わねえと、タメにならねえぞ。この小判は動かぬ証拠……おまえが誰かに、『福田屋』の蔵から盗ませたんだ」

「！……」

「その誰かってのも、おまえの周辺から、怪しいのを探し出してる。今頃は北町の佐々木様がお縄にしてるだろうぜ」

「な、何の話だ……」

「こっちが聞きてえ。『加納屋』の松左衛門さんには、散々、世話になっておきながら、お店の主人にまでして貰ったのに、なぜ付け火や盗みなんぞ、やったんだ」

「し、知りません……」

「松左衛門さんは薄々、感じてたそうだぜ……あの日、『福田屋』が留守だと知

ってたのは、身近なところでは、おまえさんだけだったからとな……しかも、日頃から、弟の世話役に嫌気が差していた。どうせなら、自分が大店の問屋になって稼ぎたい。違うかい？」

「……」

「それに、おまえは見栄っ張りだから、大勢の人々が援助し始めると、必ず大枚をはたく。そう睨んでたんだ、松左衛門さんは」

だから、人々から小銭を集めたのも、寅右衛門の智恵であったのだ。すぐさま助けようとした松左衛門を制して、人々の思いを竹次郎に知らしめるとともに、盗っ人もあぶり出すという一石二鳥を狙ったのである。

「えっ……知るもんか……私は、何もしてない……」

狼狽する仁兵衛の肩を、寅右衛門はむんずと摑み、

「天網恢々疎《てんもうかいかいそ》にして漏らさず、とはよく言ったものだ。この印をつけた小判は、支払いには使うたことがない。そうだな竹次郎殿」

「へえ。女房が三百両貯まるまでは使うなと……もっとも、まだ二百両もありませんが」

竹次郎は最も信頼をしていた人の裏切りを、まだ信じられない思いで見つめて

いた。だが、もはや逃れられないと観念したのか、仁兵衛は震えながら、その場に膝をついてしまった。

「――付け火じゃありません……五兵衛《ごへえ》が金を盗み出した後、蠟燭が落ちてしまい、油に移ったとかで……」

「その五兵衛って奴のことも含めて、じっくり番屋で聞くことにしようか」

「……」

「見栄を張って、十両を渡したときに、墓穴を掘ってたんだよ」

平七はその場で捕縛し、仁兵衛を連れ去った。一連の様子を見ていた人々は、仁兵衛に罵声を浴びせるのだった。

その後――。

松左衛門は百両の金の援助を申し出たが、仁兵衛から金が返って来たので、竹次郎が受け取ることはなかった。

それに、人々の文銭も数両分はあったが、町のためにつかう〝町入用〟として、各町の名主や番人に渡すことにしたのだった。

「兄貴……俺ア、兄貴の本心も知らずに……いつまで経ってもバカな弟だ……すまなかった。勘弁してくれ」

頭を下げる竹次郎の肩に、松左衛門は笑って手を添えた。

「こっちこそ、すまなかった……すぐにでも助けたかったんだがな……まさか仁兵衛が……私もまだまだ人を見る目がない」

「いや、俺が……私が甘かったんです。甘い自分が引き起こしたことです」

「竹次郎……」

「自分だけが頑張っていたという横柄さ。兄貴が陰で支えてくれていたからこその自分。そして何より、商売は人に支えられている。大勢のお客さんがいてこその『福田屋』だってことが……今更ながら、分かりました」

「……」

「此度のことがなかったら、私はまだずっと、兄貴を心の底で恨み続け、つまらねえ意地を張りながら生きてた……ありがとう。兄貴……」

わああ泣きながら何度も何度も頭を下げる竹次郎の手を、松左衛門は強く握りしめた。そんなふたりの姿を、傍らでは、お絹とお梅が愛おしそうに見ていた。

お絹の目にも涙が溢れている。

「大人の人は、嬉しいと泣くんだよね」

なんだか貰い涙をしたお梅を、お絹はぎゅっと抱きしめた。

その頃――。

駒形そこつ長屋では、平七が盗っ人を捕らえたとヤンヤの大騒ぎで、いつもの連中が酒を酌み交わしていた。

事件の解決に一肌脱いでくれたと、『加納屋』から祝い酒が届いていたのである。

「昼間の酒は、利くなあ」

「なんで誰も働きにいかないんだよ」

「まだ年明けの松の内だから、いいじゃねえか。お天道様も許してくれるよ」

「寅の旦那なんか、毎日が休みじゃねえか」

「そうだよ。仕官は決まったのかい」

「バカか。殿様が仕官するか。こいつは一生、霞を食って生きてくんだよ」

寅右衛門も、しまいには〝こいつ〟呼ばわりである。酒には弱いから、すうすうと寝息を立てていた。

そこへ、町名主の徳兵衛が、大家のおつねとともに来た。てっきり相伴に与《あずか》るつもりかと思ったら、

「寅右衛門の旦那……寝てる場合じゃありませんよ。北町奉行様から金一封が出

て、その上、内与力《うちよりき》として迎えたいとのことですよ、ねえ」

内与力とは奉行所の御家人職ではなく、町奉行の家臣が、その腹心として仕えることである。つまり、旗本の家臣として迎えるというのだ。

「此度の件もそうだが、あちこちで人助けをしているという噂を耳にして、困った人たちを助けるために、尽力して貰いたいと」

徳兵衛が言うと、おつねは溜息をついて、

「困った人たちといや、こいつらだよ。ほんと困ってるんだ、私は……」

「意味が違うでしょう。ねえ、寅右衛門様、ちょいと、起きて下さいまし」

むにゃむにゃと寝返りを打った寅右衛門の顔には、目の周りに墨で丸をつけられ、頬や顎には髭を描かれていた。

「な、なんですか、これは」

びっくりする徳兵衛に、平七は言った。

「ヤットウの凄腕でも、羽根つきは、からきしダメでよ。丁度いいや。このまま面会に行かせたらどうでしょ。なあ、みんな」

正月早々だというのに、バカ話をして、子供みたいにはしゃいでいる。少なくとも、この長屋の連中だけは、平穏無事で幸せそうだった。

いつもと変わらぬいつもの江戸の町——晴れ渡る青い空に、無数の凧が風を受けて、気持ち良さそうに揚がっていた。

文春文庫

寅《とら》右《え》衛門《もん》どの　江戸《えど》日記《にっき》
芝《しば》浜《はま》しぐれ

定価はカバーに
表示してあります

2016年12月10日　第1刷

著　者　井《い》川《かわ》香《こう》四《し》郎《ろう》
発行者　飯窪成幸
発行所　株式会社　文藝春秋

東京都千代田区紀尾井町 3-23　〒102-8008
TEL　03・3265・1211
文藝春秋ホームページ　http://www.bunshun.co.jp
落丁、乱丁本は、お手数ですが小社製作部宛お送り下さい。送料小社負担でお取替致します。

印刷製本・大日本印刷

Printed in Japan
ISBN978-4-16-790751-8

（　）内は解説者。品切の節はご容赦下さい。

藤井邦夫
秋山久蔵御用控
始末屋

二人の武士に因縁をつけられた浪人が、衆人環視の中、相手を斬り捨てた。尋常の立合いの末であり問題はないと誰もが庇う中、〝剃刀〟久蔵だけが違和感を持った。シリーズ第二十五弾！

ふ-30-30

藤原緋沙子
切り絵図屋清七
ふたり静

絵双紙本屋の「紀の字屋」を主人から譲られた浪人・清七郎は、人助けのために江戸の絵地図を刊行しようと思い立つ。人情味あふれる時代小説書下ろし新シリーズ誕生！　（縄田一男）

ふ-31-1

藤原緋沙子
切り絵図屋清七
飛び梅

父が何者かに襲われ、勘定所に関わる大きな不正に気づく清七。武家に戻り、実家を守るべきなのか。切り絵図屋も軌道に乗ったばかりだが——。シリーズ第三弾。

ふ-31-3

藤原緋沙子
切り絵図屋清七
栗めし

二つの殺しの背後に浮上したある同心の名から、勘定奉行の関わる大きな陰謀が見えてきた——大切な人を守るべく、清七と切り絵図屋の仲間が立ち上がる！　人気シリーズ第四弾。

ふ-31-4

藤原緋沙子
花鳥

生類憐れみの令により、傷ついた小鳥を助けられず途方に暮れていた少女を救ったのは後の六代将軍家宣だった。七代将軍家継の生母となる月光院の人生を清冽に描く長篇。　（菊池　仁）

ふ-31-30

誉田哲也
吉原暗黒譚

吉原で狐面をつけた者たちによる花魁殺しが頻発。吉原大門詰の貧乏同心・今村は元花魁のくノ一・彩音と共に調べに乗り出すが……。傑作捕物帳登場！　（末國善己）

ほ-15-5

松本清張
西海道談綺
（全四冊）

密通を怒って上司を斬り、妻を廃坑に突き落として出奔した男の数奇な運命。直参に変身した恵之助は隠し金山探索の密命を帯びて日田へ。多彩な人物が織りなす伝奇長篇。　（三浦朱門）

ま-1-76